U0535720

乐府诗选

名画插图版

唐咏章 编

中国出版集团
东方出版中心

图书在版编目（CIP）数据

乐府诗选：名画插图版/唐咏章编. -- 上海：东方出版中心, 2025.1. -- ISBN 978-7-5473-2653-4

Ⅰ. I222.6

中国国家版本馆CIP数据核字第20247A3P87号

乐府诗选：名画插图版

编　　者	唐咏章
出　　品	东方出版中心北京分社
策划统筹	范　斐　曾孜荣
责任编辑	范　斐
营销发行	柴清泉　周　然
责任校对	汤梦焯　温宝旭
特邀编辑	孔维珉
封面设计	王海鲸
排版制作	天津裕同印刷有限公司

出 版 人	陈义望
出版发行	东方出版中心
地　　址	上海市仙霞路345号
邮政编码	200336
电　　话	021-62417400
印 刷 者	天津裕同印刷有限公司
开　　本	710mm×1000mm　1/16
印　　张	14
字　　数	160千字
版　　次	2025年1月第1版
印　　次	2025年1月第1次印刷
定　　价	78.00元

版权所有　侵权必究

如图书有印装质量问题，请寄回本社出版部调换或拨打021-62597596联系。

导读

乐府，本是官署名。《汉书·艺文志》云，"自孝武立乐府而采歌谣，于是有代赵之讴，秦楚之风，皆感于哀乐，缘事而发，亦可以观风俗，知薄厚云"，记载乐府设立于汉武帝时期。但据相关考古发现，乐府应在秦时便已出现。正如《汉书·艺文志》所载，乐府是官方用来采集各地民歌，以"观风俗，知薄厚"的机构。其所采集的民歌，后来便也被称为"乐府"。

两汉的乐府，便具有十分鲜明的民歌色彩。用语平白质朴，不加矫饰，汉时人自身的单纯、真挚跃然纸上，具有一种十分赤裸的感染力，是后世的诗歌中所罕见的。如汉乐府中出现不止一次的句子"肠中车轮转"，语句极其平实，但内心的痛苦让人感同身受。既是民歌，便多描写普通民众生活的篇目。如《十五从军征》描写退伍还乡，家中已空无一人的老兵的孤独；《孤儿行》写父母早亡，被兄嫂欺凌的痛苦；《东门行》写家中穷得揭不开锅，最终决心出走为寇的悲愤；《刺巴郡守诗》则描写官吏讨钱，无处筹款的惨淡。题材既为后世少见，描写更是深入细节，具有难以替代的价值。汉乐府中不能不提的是色彩鲜明的爱情诗。汉时女性泼辣、直率、敢爱敢恨的性格在其中展露无遗。如《上邪》中对情人的热烈表白，《有所思》中，得知情人变心便将送给情人的玳瑁簪直接砸断烧毁，《白头吟》中的直白干脆的"闻君有两意，故来相决绝"，呈现出与后世的女性完全不同的独立风采。本书中，既尽可能选入汉乐府中的名篇，也希望能着重突出汉乐府这种质朴深挚的"平民"风格。

魏晋南北朝时，乐府正式成为一种诗体门类的名称。如刘勰在《文心雕龙》中单立"乐府"篇。萧统在《昭明文选》也划出"乐府"一类。这个阶段，民间诗歌的采集仍在继续，但已日趋减少。同时，拟乐府开始盛行，即文人开始大量使用乐府旧题创作新的乐府诗。因此，和两汉乐府多系无名氏所作不同，魏晋以后的乐府，相当部分是当时有名诗人的作品。同时，本来只是民歌歌词的乐府，词和曲也开始发生分离，相当部分由文人创作的乐府，并未谱曲，不再能够演唱了。魏晋时期的乐府，自是首推"三曹"——曹操、曹丕、曹植。作为建安文学的翘楚，他们也创作了不少优秀的乐府诗。曹操的乐府诗和其他诗歌一样，多反映军旅生活，雄浑沉郁，气势纵横。曹丕诗存世不多，但《燕歌行》写思妇，悱恻缠绵，深挚处颇有汉乐府遗风。曹植是这一阶段诗坛的代表人物，自身才气纵横，立嗣之争失败后又被曹丕长期排挤迫害，体验过人世深刻的苦痛。因此他的乐府诗中，既有《箜篌引》《白马篇》这样精气完足、神采飞扬的名篇，也有《吁嗟篇》这样深入肺腑的沉痛之作。南北朝时期，一方面如当时有名的诗人鲍照、谢朓、庾信等均参与到乐府诗创作中，留下不少佳作。另一方面，也有不少优秀的民歌传世。南朝乐府诗以男女恋歌为主，清新可人，如《子夜四时歌》。北朝民歌则更具北方民族的粗犷豪壮的风度，题材也更为广泛，既描写爱情，也描写边塞风光、战争悲苦、英雄故事等，如著名的《敕勒歌》。

隋唐时期，文人创作已经占据了乐府诗的绝对主流。许多著名诗人如王昌龄、王维、李白、杜甫、刘禹锡、白居易等，均留下不少名篇。唐人乐府一方面继续沿袭前人旧题，另一方面也出现了不少自制新题。杜甫、白居易等更是开创了"新乐府"，用新题，写时事，虽然形式上仍然是乐府，内容上已经完全是由文人自身抒发的时代精神。唐人乐府中，边塞诗占据了半壁江山，许多唐人边塞诗中的名篇，如王昌龄的《从军行》、李白的《关山月》、卢纶的《塞下曲》等，均是乐府篇目。男女恋情也是唐人乐府中的重要主题，如王昌龄描写深宫凄冷的《长信怨》，李白的《长干行》《长相思》等。刘禹锡在贬谪南方期间，收集或改编当地民歌，形成著名的《竹枝词》。竹枝词多描写当地风俗和男女恋情，语言清新直白，生活气息浓厚，是唐人乐府中难得的回归"民歌"风格之作。

<u>本书择自汉至唐的乐府诗中，篇幅相对短小，易于欣赏及诵读者汇编为一册，配以明代唐伯虎的画作</u>，既可供粗略了解历朝乐府诗的风格流变，又可供案头随意翻阅欣赏，领略乐府诗独特的艺术魅力。

目录

汉

大风歌	刘邦	3
秋风辞	刘彻	5
怨歌行	班婕妤	7
上山采蘼芜	佚名	9
十五从军征	佚名	11
步出城东门	佚名	13
战城南	佚名	15
巫山高	佚名	17
有所思	佚名	19
上邪	佚名	20
孤儿行	佚名	22
饮马长城窟行	佚名	27
长歌行	佚名	29
东门行	佚名	31
艳歌行	佚名	33
白头吟	佚名	35
伤歌行	佚名	37
悲歌	佚名	39
古八变歌	佚名	40

高田种小麦	佚名	42
古歌	佚名	43
刺巴郡守诗	佚名	47

魏晋

观沧海	曹操	51
苦寒行	曹操	53
短歌行	曹操	54
燕歌行	曹丕	59
箜篌引	曹植	61
野田黄雀行	曹植	63
门有万里客行	曹植	64
泰山梁甫行	曹植	65
白马篇	曹植	69
当墙欲高行	曹植	71
吁嗟篇	曹植	72
七哀诗	曹植	73
壮士篇	张华	77
王明君	石崇	78
扶风歌	刘琨	82

南北朝

代东门行	鲍照	89
代东武吟	鲍照	90
拟行路难十八首（选二）	鲍照	
其四		95
其十		97
有所思	王融	99
临高台	谢朓	101
玉阶怨	谢朓	103
王孙游	谢朓	105
同王主簿有所思	谢朓	107
出自蓟北门行	庾信	109
对酒歌	庾信	111
怨歌行	庾信	113
子夜四时歌·春歌二十首（选二）	佚名	
其十		115
其十二		117
子夜四时歌·夏歌二十首（选一）	佚名	
其八		119
紫骝马歌辞	佚名	121
陇头歌辞三首	佚名	
其一		123
其二		124
其三		125
折杨柳歌辞五首（选二）	佚名	
其一		128
其二		129
敕勒歌	佚名	133

隋唐

春江花月夜二首（选一）	杨广	
其一		137
出塞二首（选一）	杨素	
其一		139
出塞	王之涣	141
少年行二首	王昌龄	
其一		142
其二		143
从军行七首（选四）	王昌龄	
其一		146
其二		147
其四		150
其五		151
长信怨五首（选二）	王昌龄	
其一		155
其二		156

采莲曲二首　　王昌龄
　　其一……………………… 158
　　其二……………………… 159
少年行四首（选二）　王维
　　其一……………………… 163
　　其四……………………… 165
渭城曲　　王维 ……………… 166
秋夜曲　　王维 ……………… 167
关山月　　李白 ……………… 171
估客乐　　李白 ……………… 173
子夜四时歌·秋歌　李白…… 175
长干行　　李白 ……………… 177
长相思三首（选一）　李白
　　其三……………………… 178
少年行三首（选一）　杜甫
　　其三……………………… 181
后出塞五首（选一）　杜甫
　　其二……………………… 183
悲陈陶　　杜甫 ……………… 185
有所思　　韦应物 …………… 187
调笑令二首（选一）　韦应物
　　其一……………………… 188

调笑令　　戴叔伦 …………… 189
堤上行三首（选二）　刘禹锡
　　其一……………………… 192
　　其二……………………… 193
竹枝词九首（选二）　刘禹锡
　　其一……………………… 196
　　其二……………………… 197
踏歌词四首（选一）　刘禹锡
　　其一……………………… 201
视刀环歌　　刘禹锡 ………… 202
长安道　　白居易 …………… 205
竹枝词四首（选一）　白居易
　　其一……………………… 207
忆江南三首（选二）　白居易
　　其一……………………… 209
　　其二……………………… 211

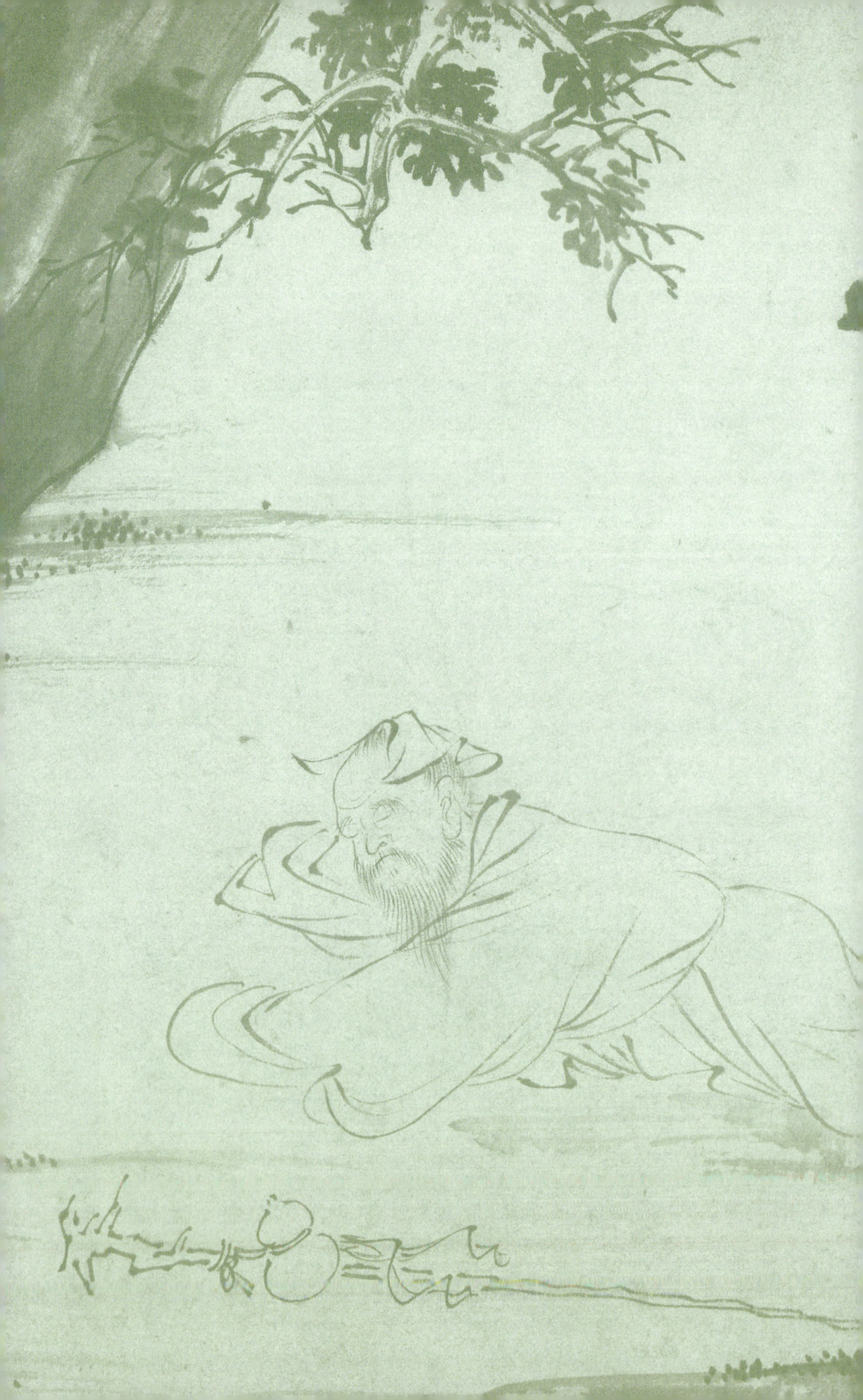

【汉】

此地曾經玉輦巡，此邦
羊覘帝王
身世随邑
吹竿猶有碑
勒風歌字
夫真俠割苗
時巣亡命入
闗不意竟降
秦千年泗上
荒臺壯落日
牛羊感路人

《沛台實景圖》（局部）

大风歌

刘邦

大风①起兮云飞扬。
威加海内兮归故乡。
安得猛士兮守四方。

【注释】
① 大风：《文选》李善注云，"风起云飞，比喻群雄竞逐，而天下乱也。"

《溪山渔隐图》(局部)

秋风辞

刘彻

秋风起兮白云飞,草木黄落兮雁南归。
兰有秀①兮菊有芳,怀佳人兮不能忘。
泛楼船兮济②汾河,横③中流兮扬素波④。
箫鼓鸣兮发棹歌⑤,欢乐极兮哀情多。
少壮几时兮奈老何⑥。

【注释】
① 秀、芳:秀谓花色,芳谓花香。此处秀、芳为互文,指菊、兰的花色、花香。
② 济:渡。
③ 横:横渡,横绝。
④ 素波:白色的波浪。
⑤ 棹歌:船中所唱之歌。棹:船桨,代指船。
⑥ 奈老何:拿衰老怎么办呢?

《仕女图》（局部）

怨歌行

班婕妤

新裂①齐纨素②，皎洁如霜雪。
裁为合欢扇，团团似明月。
出入君怀袖③，动摇微风发。
常恐秋节至，凉飙④夺炎热。
弃捐⑤箧笥⑥中，恩情中道⑦绝。

【注释】
① 裂：裁下，截断。
② 齐纨素：精细的白绢，以产于齐国者最为有名。
③ 怀袖：怀中，袖中。
④ 凉飙：凉风。飙，疾风。
⑤ 弃捐：抛弃。
⑥ 箧笥（qièsì）：泛指竹制的箱笼。
⑦ 中道：半途。

《杂卉烂春图》（局部）

上山采蘼芜

佚名

上山采蘼芜①，下山逢故夫。
长跪②问故夫，新人③复何如？
新人虽言好，未若故人姝④。
颜色⑤类相似，手爪⑥不相如。
新人从门入，故人从阁⑦去。
新人工织缣⑧，故人工织素。
织缣日一匹，织素五丈余。
将缣来比素，新人不如故。

【注释】

① 蘼芜：一种香草，可入药。古人认为蘼芜可使妇人多子。
② 长跪：直腰而跪，以示庄敬。汉时席地而坐，两膝着地，坐于脚跟。坐时挺直腰身，则上身较长，故曰"长跪"。
③ 新人：指前夫新娶之妻。
④ 姝：好。
⑤ 颜色：容貌，姿色。
⑥ 手爪：代指纺织等手工技能。
⑦ 阁(gé)：旁门、小门，与前句"门"相对，意指将新人从大门迎娶进来，将故妻从旁门打发出去。
⑧ 缣、素：均为绢的种类，素色洁白而缣色带黄，故素贵而缣贱。

《山水人物册之三》(局部)

十五从军征

佚名

十五从军征，八十始①得归。
道逢乡里人：家中有阿谁②？
遥看是君家，松柏冢累累。
兔从狗窦③入，雉④从梁上飞。
中庭生旅⑤谷，井上生旅葵⑥。
舂谷持作饭，采葵持作羹。
羹饭一时熟，不知贻⑦阿谁。
出门东向看，泪落沾我衣。

【注释】
① 始：才。
② 阿谁：谁。阿，语气助词。
③ 狗窦：为狗出入开的墙洞。
④ 雉：野鸡。
⑤ 旅：野生，未经播种而生。
⑥ 葵：葵菜，又名苋菜。当时常见蔬菜。
⑦ 贻：送，赠送。

《柴门掩雪图》(局部)

步出城东门

佚名

步出城东门，遥望江南路。
前日风雪中，故人从此去。
我欲渡河水，河水深无梁①。
愿为双黄鹄②，高飞还故乡。

【注释】
① 梁：桥梁。
② 黄鹄：传说中仙人所乘的大鸟。

《溪竹风柯图》(局部)

战城南

佚名

战城南，死郭①北，野死②不葬乌③可食。

为我谓乌：且为客④豪⑤。

野死谅⑥不葬，腐肉安能去子逃⑦？

水深激激⑧，蒲苇冥冥⑨。

枭骑⑩战斗死，驽马⑪徘徊鸣。

梁⑫筑室，何以南？何以北？

禾黍⑬不获君何食？愿为忠臣安可得？

思子良臣，良臣诚可思：

朝行出攻，暮不夜归⑭。

【注释】
① 郭：外城。与"城"相对，此处为互文。战死在城郭南北。
② 野死：战死在郊野。
③ 乌：乌鸦。
④ 客：指战死者。
⑤ 豪：通"嚎"，哭。古人对于新死者须行招魂礼，招时且哭且说。
⑥ 谅：想必，应该。
⑦ "去子逃"句：腐肉是不会逃走的，请求乌鸦为死者哭过丧再吃。子，指乌鸦。
⑧ 激激：清澈貌。
⑨ 冥冥：苍茫幽暗貌。
⑩ 枭骑：骁勇的骏马，比喻战死的英雄。
⑪ 驽马：劣马。
⑫ 梁：桥梁。此句意为在桥梁上都修筑了营垒，如何能够南北往来。
⑬ 禾黍：泛指粮食。
⑭ 暮不夜归：即暮夜不归。

《扇面》（局部）

巫山高　佚名

巫山高，高以①大。
淮水深，难以逝②。
我欲东归，害③梁④不为？
我集⑤无高曳⑥，水何梁⑦，汤汤回回⑧。
临水远望，泣下沾衣。
远道之人心思归，谓之何⑨！

【注释】
① 以：连词，相当于"且"。
② 逝：水流急速貌。
③ 害：通"何"。
④ 梁：桥梁。此句意为为何没有桥梁。
⑤ 集：通"济"，渡河。
⑥ 高曳：通"篙栧"，船篙和船桨。
⑦ 梁：疑为衍文，或为"深"字之讹。
⑧ 汤汤回回：水流浩大回旋貌。
⑨ 谓之何：还有什么可说的。

《牡丹仕女图》（局部）

有所思

佚名

有所思①，乃在大海南。
何用②问遗③君？双珠玳瑁④簪⑤，用玉绍缭⑥之。
闻君有他心，拉杂⑦摧⑧烧之。
摧烧之，当风扬其灰！
从今以往，勿复相思，相思与君绝！
鸡鸣狗吠⑨，兄嫂当知之。
妃呼狶⑩！
秋风肃肃晨风飔⑪，东方须臾高⑫知之！

【注释】
① 所思：指所思、爱之人。
② 何用：用什么。
③ 问遗：赠送。
④ 玳瑁：一种龟类，其甲壳光滑而多文采，可制饰物。
⑤ 簪：古人用来将冠固定在发髻上的饰物，簪身横穿髻上，两端露出冠外，下可各缀一珠，故谓之"双珠"。
⑥ 绍缭：缠绕。
⑦ 拉杂：折断。
⑧ 摧：砸毁。
⑨ 鸡鸣狗吠：代指男女幽会，因会惊动鸡狗。
⑩ 妃呼狶（bēixūxī）：感叹词。
⑪ 飔（sī）：疾风。
⑫ 高（hào）：通"皓"，白。此处指天亮。

上邪

佚名

上邪^①！
我欲与君相知^②，
长命^③无绝衰。
山无陵^④，江水为竭^⑤，
冬雷震震夏雨^⑥雪，
天地合，乃敢与君绝！

【注释】
① 上邪（yé）：上天啊。邪，语助词。此为女子指天发誓之辞。
② 相知：相爱。
③ 命：令，使。
④ 陵：隆起的山梁。
⑤ 竭：干涸。
⑥ 雨（yù）：作动词，降。

煙手持玉珏小庭前沉良夜銀河在半天 唐寅

《玉珏仕女圖》（局部）

孤儿行

佚名

孤儿生，孤子遇生①，命独当苦。

父母在时，乘坚车，驾驷马②。

父母已去③，兄嫂令我行贾④。

南到九江，东到齐与鲁。

腊月来归，不敢自言苦。

头多虮⑤虱，面目多尘⑥。

大兄言办饭，大嫂言视马⑦。

上高堂⑧，行⑨取⑩殿下堂。

孤儿泪下如雨。

使我朝行汲⑪，暮得水来归。

手为⑫错⑬，足下无菲⑭。

怆怆履⑮霜，中多蒺藜。

【注释】

①遇生：遇，通"偶"。偶然而生。
②驷马：四匹马拉的车。
③去：去世。
④行贾（gǔ）：出外经商。汉朝社会商人的地位低下，当时的商贾有些就是富贵人家的奴仆。
⑤虮（jǐ）：虱卵。
⑥面目多尘：此句尾可能脱掉一个"土"字。
⑦视马：照顾马匹。
⑧高堂：正堂。
⑨行：复，又。
⑩取：通"趋"，奔走。
⑪汲：从井里打水。
⑫为：因此。
⑬错：通"皵"（què），皮肤皴裂。
⑭菲：通"屝"，草鞋。
⑮履：踩，踏。

拔断蒺藜肠[16]肉中，怆欲悲。

泪下渫渫[17]，清涕累累。

冬无复襦[18]，夏无单衣。

居生[19]不乐，不如早去，下从地下黄泉。

春气动，草萌芽。

三月蚕桑，六月收瓜。

将[20]是[21]瓜车，来到还家。

瓜车反覆[22]。助我者少，啖瓜者多。

愿还我蒂[23]，兄与嫂严。

独且[24]急归，当兴校计[25]。

乱[26]曰：里[27]中一何譊譊[28]，愿欲寄尺书，

将与[29]地下父母，兄嫂难与久居。

---

[16] 肠：即"腓肠"，俗称小腿肚子。
[17] 渫（xiè）渫：水流貌，此处为泪流不断之貌。
[18] 复襦：夹衣，和"单襦"相对，即有里子的短夹袄。
[19] 居生：活着。
[20] 将：扶、推。
[21] 是：代词，这。
[22] 反覆：同"翻覆"。
[23] 蒂：瓜蒂。
[24] 独且：将要。
[25] 校计：犹"计较"。
[26] 乱：乐曲的尾声。
[27] 里：里巷。
[28] 譊（náo）譊：吵闹声。
[29] 将与：捎给。

《浔阳八景图之五》（局部）

狼藉驚鴛飛雨
心危路轉除常
搖見遠浦懽喜
是黃家
唐寅

《扇面》（局部）

饮马长城窟行[①]

佚名

青青河畔草，绵绵[②]思远道[③]。

远道不可思，宿昔[④]梦见之。

梦见在我傍，忽觉在他乡。

他乡各异县，展转不相见。

枯桑[⑤]知天风，海水知天寒。

入门各自媚[⑥]，谁肯相为言[⑦]。

客从远方来，遗我双鲤鱼[⑧]。

呼儿烹鲤鱼，中有尺素[⑨]书。

长跪读素书，书中竟何如？

上言加餐食，下言长相忆。

【注释】

① 长城窟：语出《水经注》，"余至长城，其下有泉窟，可饮马。"

② 绵绵：绵延状。此处为双关语，既指青草，也指相思。

③ 远道：代指远方的征人。

④ 宿昔：夜晚。

⑤ "枯桑"二句：借枯桑、海水极言自身之孤独寒苦。

⑥ 媚：爱悦。

⑦ 为言：为我传讯。

⑧ 双鲤鱼：汉时信函刻成鲤鱼形，一底一盖，故曰"双鲤鱼"。中间盛放书信。下文"烹鲤鱼"为打开信函的形象化说法。

⑨ 尺素：信札。古时书信常写在一尺左右的素帛上。

《人物图册之二》（局部）

长歌行 佚名

青青园中葵,朝露待日晞①。
阳春布②德泽③,万物生光辉。
常恐秋节至,焜黄④华⑤叶衰。
百川东到海,何时复西归?
少壮不努力,老大徒伤悲。

【注释】
①晞:破晓,天亮。
②布:散布。
③德泽:恩惠。
④焜(hūn)黄:色衰状。
⑤华:通"花"。

《人物册之五》（局部）

东门行

佚名

出东门，不顾①归。

来入门，怅欲悲。

盎②中无斗米储，还视架上无悬衣。

拔剑东门去，舍中儿母③牵衣啼：

"他家但愿富贵，贱妾与君共哺糜④。

上用⑤仓浪天⑥故，下当用此黄口儿⑦。今非⑧！"

"咄⑨！行⑩！吾去为迟⑪！白发时下⑫难久居。"

【注释】

① 顾：念，考虑。
② 盎：大腹小口的陶器。
③ 儿母：儿子的母亲，主人公的妻子。
④ 哺糜：吃粥。
⑤ 用：为了。
⑥ 仓浪天：苍天，青天。仓浪，犹"沧浪"，青色。
⑦ 黄口儿：幼儿。
⑧ 今非：现在这样做是不对的。
⑨ 咄：呵斥声。
⑩ 行：走了。
⑪ 吾去为迟：我已经去晚了。
⑫ 下：脱落。白发时时脱落，可见生活困苦。

《招辞图》(局部)

艳歌行　佚名

翩翩堂前燕，冬藏夏来见。
兄弟两三人，流宕①在他县②。
故衣谁当补，新衣谁当绽③？
赖得贤主人，览④取为吾绽⑤。
夫婿⑥从门来，斜柯⑦西北眄⑧。
语卿且勿眄，水清石自见。
石见何累累，远行不如归。

【注释】
① 流宕：同"流荡"，漂流游荡。
② 他县：他乡，外县。
③ 绽：缝制。绽本义为"裂"，取剪裂布帛缝制衣服意。缝联裂缝叫作绽，补缀破洞叫作补。
④ 览：通"揽"。
⑤ 绽（zhàn）：同"绽"，缝补的意思。
⑥ 夫婿：女主人的丈夫。
⑦ 斜柯：叠韵联绵字，犹今口语"歪斜"。
⑧ 眄（miàn）：斜眼看。

《函关雪霁图》（局部）

白头吟

佚名

皑如山上雪,皎若云间月。
闻君有两意,故来相决绝①。
今日斗酒会②,明旦沟水头。
躞蹀③御沟④上,沟水东西流。
凄凄复凄凄,嫁娶不须啼。
愿得一心⑤人,白头不相离。
竹竿⑥何嫋嫋⑦,鱼尾何簁簁⑧。
男儿重意气⑨,何用钱刀⑩为。

【注释】
① 决绝:诀别,断绝。
② 斗酒会:意为今日喝一杯酒以示诀别,明日就在御沟旁分手。斗:酒具。
③ 躞蹀(xièdié):小步行走之貌。
④ 御沟:流经御苑或环绕宫墙的沟。
⑤ 一心:与上"两意"相对,情感专一的人。
⑥ 竹竿:指钓竿。
⑦ 嫋(niǎo)嫋:同"袅袅",动摇貌。
⑧ 簁(shāi)簁:鱼跃掉尾之声。此处钓鱼是求偶的隐语。
⑨ 意气:情意。
⑩ 钱刀:钱财。古时的钱有铸成刀形的,叫作刀钱。所以钱又称为钱刀。

《苇渚醉渔图》（局部）

伤歌行 佚名

昭昭①素明月，辉光烛②我床。
忧人不能寐，耿耿③夜何长。
微风吹闺闼④，罗帷自飘扬。
揽衣曳⑤长带，屣履⑥下高堂。
东西安所之⑦，徘徊以彷徨。
春鸟翻⑧南飞，翩翩独翱翔。
悲声命⑨俦匹⑩，哀鸣伤我肠。
感物怀所思，泣涕忽沾裳。
伫立吐高吟，舒愤诉穹苍⑪。

【注释】

① 昭昭：明亮貌。
② 烛：动词，照。
③ 耿耿：心中不安貌。
④ 闺闼（tà）：内室之门。
⑤ 曳：拖，牵引。
⑥ 屣履（xǐlǚ）：穿鞋而不拔上鞋跟，犹今口语"趿着鞋"。
⑦ 安所之：到哪去呢。
⑧ 翻：翻飞。
⑨ 命：招呼。
⑩ 俦匹：伴侣。
⑪ 穹苍：苍天。

《松阴高士图》(局部)

悲歌

佚名

悲歌可以当①泣，远望可以当归。

思念故乡，郁郁累累②。

欲归家无人，欲渡河无船。

心思不能言，肠中车轮转。

【注释】
① 当：代替。
② 郁郁累累：重重叠叠积貌。这里指怀乡的情感。

古八变歌

佚名

北风初秋至,吹我章华台①。
浮云多暮色,似从崦嵫②来。
枯桑鸣中林,络纬③响空阶。
翩翩飞蓬④征⑤,怆怆⑥游子怀。
故乡不可见,长望始此回。

【注释】
① 章华台:春秋时期楚灵王所筑的台名。
② 崦嵫(yānzi):山名,在甘肃天水市西南,是古代传说太阳西没之处。
③ 络纬:虫名,又名"莎鸡",秋季鸣虫,因其声如纺线,俗称"络纱娘""络丝娘"。
④ 飞蓬:草名。在古诗中常比喻行踪飘泊无定的游子。
⑤ 征:行。
⑥ 怆怆:悲伤貌。

《松崖别业图》（局部）

高田种小麦

佚名

高田种小麦,终久不成穗[1]。
男儿在他乡,焉得不憔悴。

【注释】
[1] 穗:稻麦聚生的果实。

古歌

佚名

秋风萧萧愁杀人。出亦愁，入亦愁。

座中何人，谁不怀忧？令我白头。

胡地多飙风，树木何修修①。

离家日趋远，衣带日趋缓②。

心思不能言，肠中车轮转。

【注释】
① 修修：通"翛翛"，本指鸟尾敝坏无润泽貌，这里比喻树木干枯如鸟尾。
② 缓：宽。

香雪叢卉小立還肯攜砑
卷而意何為前身應是楊无
咎默然淺精神一潛之

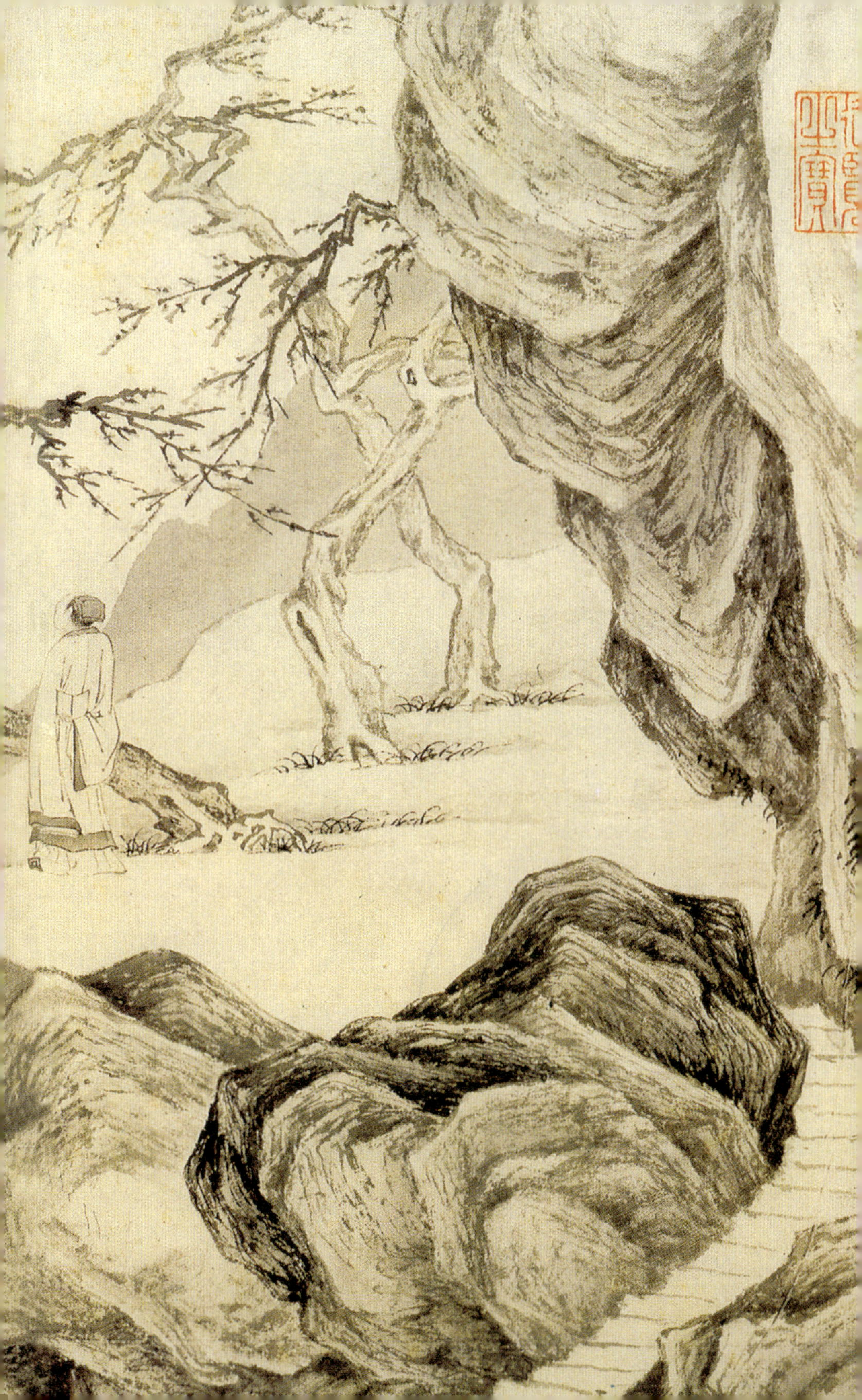

《松崖别业图》（局部）

刺巴郡守诗

佚名

狗吠何喧喧①,有吏来在门。
披衣出门应,府记②欲得钱。
语穷③乞请期④,吏怒反见尤⑤。
旋⑥步顾家中,家中无可为。
思往从邻贷⑦,邻人言已匮⑧。
钱钱何难得,令我独憔悴。

【注释】

① 喧喧:嘈杂喧嚷貌。
② 府记:官府的公文。
③ 穷:说尽。
④ 请期:请求更改交款日期。
⑤ 见尤:责怪我。
⑥ 旋:转身。
⑦ 贷:借贷。
⑧ 匮:尽,用完。

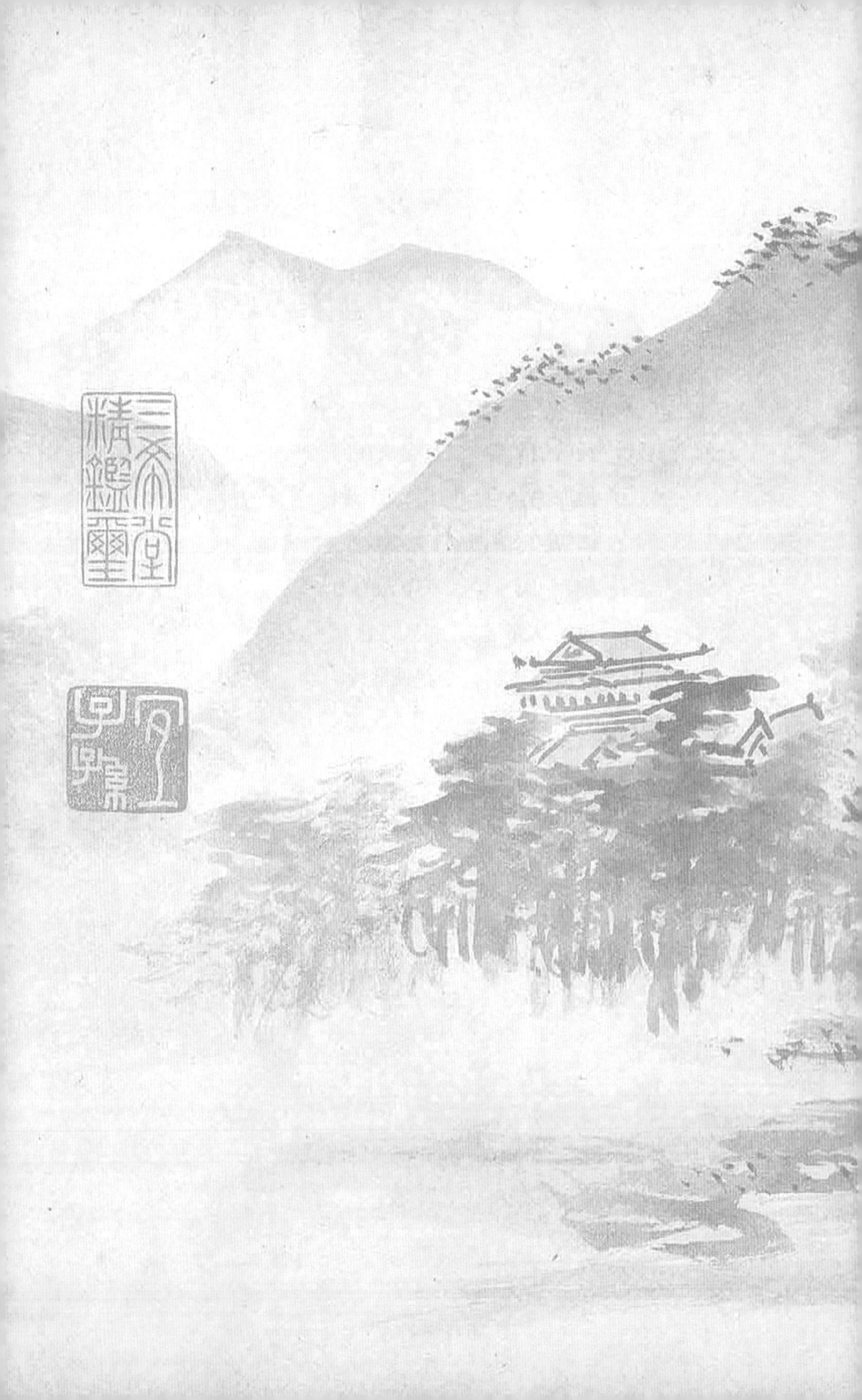
三希堂精鑑璽
宜子孫

【魏晋】

《山水人物册之七》(局部)

观沧海

曹操

东临碣石①，以观沧海。
水何澹澹②，山岛竦峙③。
树木丛生，百草丰茂。
秋风萧瑟，洪波涌起。
日月之行，若出其中。
星汉④灿烂，若出其里。
幸甚⑤至哉，歌以咏志。

【注释】

① 碣石：山名。建安十二年（207）秋，曹操征乌桓得胜回师时经过此地。
② 澹澹：水波摇荡貌。
③ 竦峙：耸立，高高地挺立。
④ 星汉：银河。
⑤ "幸甚"二句：乐府歌辞结束用语，各章章末均有，与正文意思无关。

《骑驴归思图》(局部)

苦寒行

曹操

北上太行山，艰哉何巍巍。

羊肠坂①诘屈②，车轮为之摧③。

树木何萧瑟，北风声正悲。

熊罴④对我蹲，虎豹夹路啼。

溪谷少人民，雪落何霏霏。

延⑤颈长叹息，远行多所怀。

我心何怫郁⑥？思欲一东归⑦。

水深桥梁绝，中路正徘徊。

迷惑失故路，薄暮⑧无宿栖。

行行日已远，人马同时饥。

担囊行取薪⑨，斧⑩冰持作糜。

悲彼东山⑪诗，悠悠使我哀。

【注释】

① 羊肠坂：坂道名，为太行陉的最险要路段，坂道盘旋弯曲如羊肠。坂：斜坡。
② 诘屈：曲折盘旋。
③ 摧：毁坏、折断。
④ 罴（pí）：熊的一种，又叫马熊或人熊。
⑤ 延：伸长。
⑥ 怫（fú）郁：愁闷，抑郁。
⑦ 东归：作者的故乡在沛国谯郡（今安徽亳县），在太行之东，故云"东归"。
⑧ 薄暮：临近傍晚。
⑨ 行取薪：边走边拾柴。
⑩ 斧：动词，用斧头砍。
⑪ 东山：《诗经·豳风》篇名。是一首描写远行的士卒思念故乡的诗。有"我徂东山，慆慆不归。我来自东，零雨其濛。我东曰归，我心西悲"等语。

短歌行

曹操

对酒当歌,人生几何[1]?
譬如朝露,去日[2]苦多[3]。
慨当以慷[4],忧思难忘。
何以解忧?惟有杜康[5]。
青青[6]子衿,悠悠我心。
但[7]为君[8]故,沉吟至今。
呦呦[9]鹿鸣,食野之苹。
我有嘉宾,鼓瑟吹笙。

【注释】

[1] 几何:多少。
[2] 去日:逝去的日子。
[3] 苦多:很多,太多。
[4] 慨当以慷:慨、慷皆感叹之意,言感慨万端。
[5] 杜康:相传是最早酿酒的人,此处代指酒。
[6] "青青"二句:语出《诗经·郑风·子衿》,"青青子衿,悠悠我心。纵我不往,子宁不嗣音",这里是表达对贤才的思慕。青衿,读书人的服装,这里指代有学识的人。
[7] 但:只。
[8] 君:指贤才。
[9] "呦呦"四句:语出《诗经·小雅·鹿鸣》。《鹿鸣》是欢宴宾客的诗篇,这里也是表达对贤才的思慕。呦呦:鹿叫的声音。
[10] 掇(duō):拾取,摘取。
[11] 越陌度阡:穿过纵横交错的小路。陌、阡皆田间小路,南北为阡,东西为陌。

明明如月,何时可掇⑩?
忧从中来,不可断绝。
越陌度阡⑪,枉用相存⑫。
契阔⑬谈䜩,心念旧恩。
月明星稀,乌鹊南飞。
绕树三匝⑭,何枝可依?
山不厌高⑮,海不厌深。
周公⑯吐哺,天下归心。

⑫枉用相存:屈驾来访。枉:枉驾,屈就。用:以。存:问候,探访。
⑬契阔:契为合,阔为离,这里是偏义复词,偏用"契"义。
⑭匝:周。
⑮"山不厌高"二句:语出《管子·形势解》,"海不辞水,故能成其大;山不辞土,故能成其高;明主不厌人,故能成其众;士不厌学,故能成其圣。"表达尽可能多地接纳贤才的愿望。厌:满足。

⑯"周公"二句:语出《史记·鲁周公世家》。周公自谓:"我文王之子,武王之弟,成王之叔父,我于天下亦不贱矣。然我一沐三捉发,一饭三吐哺,起以待士,犹恐失天下之贤人。"这里引周公自比,同样是表达渴求贤才的心情。吐哺:吐出口中正在咀嚼的食物。

《临李公麟饮中八仙图》（局部）

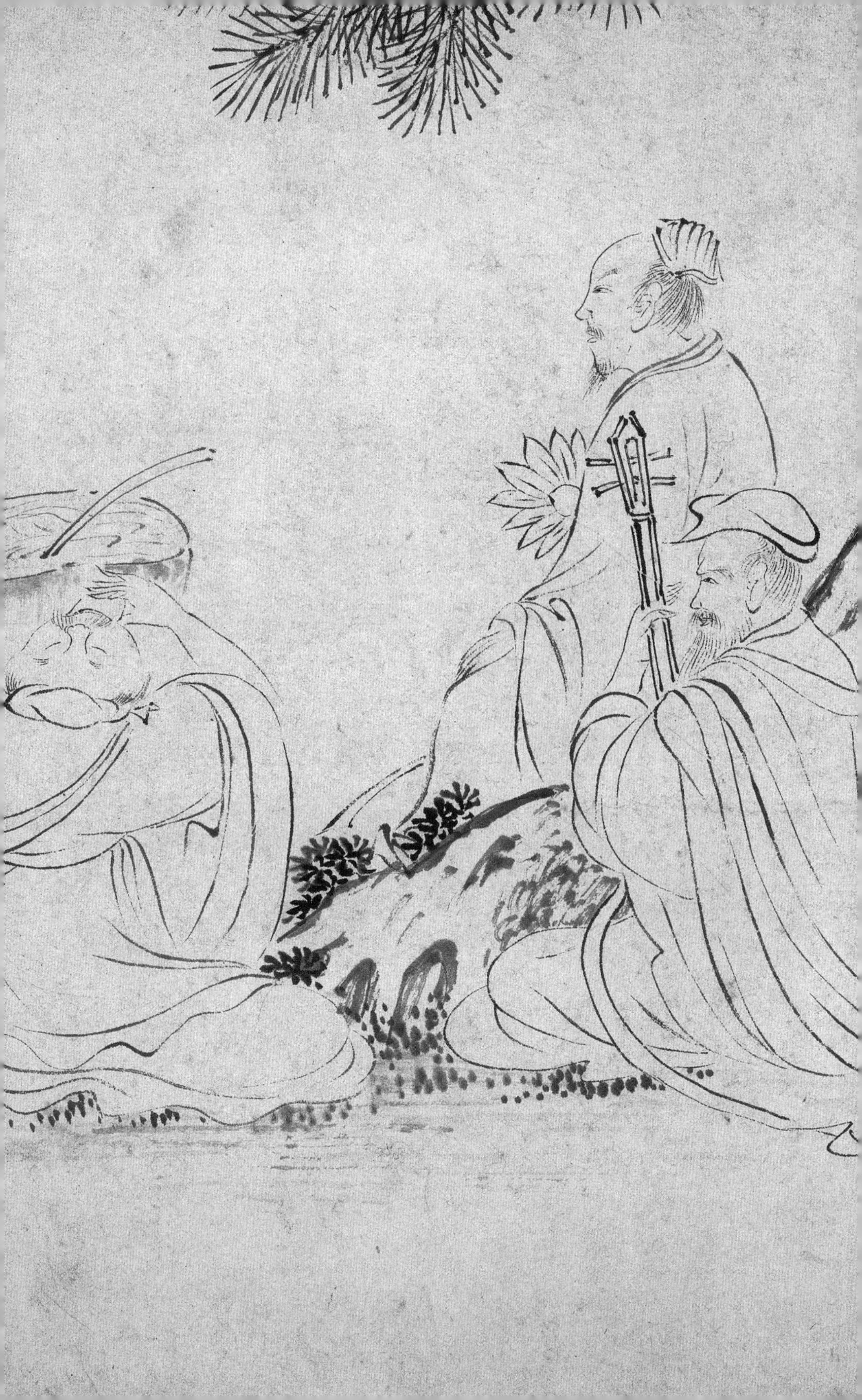

《步溪图》（局部）

燕歌行

曹丕

别日何易会日难，山川悠远路漫漫。
郁陶①思君未敢言，寄声浮云往不还。
涕零②雨面③毁容颜，谁能怀忧独不叹。
展诗④清歌聊自宽，乐往哀来摧肺肝。
耿耿伏枕不能眠。
披衣出户步东西，仰看星月观云间。
飞鸧⑤晨鸣声可怜，留连顾怀⑥不能存⑦。

【注释】
① 郁陶（yáo）：忧思积聚貌。
② 涕零：泪落。
③ 雨面：像雨一样流了满面。雨，作动词。
④ 展诗：展开诗篇。
⑤ 鸧（cāng）：鸟名。
⑥ 顾怀：眷顾怀念。
⑦ 存：省视。

《人物册之三》(局部)

箜篌引 · 曹植

置酒高殿上，亲交①从我游。
中厨办丰膳，烹羊宰肥牛。
秦筝②何慷慨，齐瑟和且柔。
阳阿③奏奇舞，京洛④出名讴⑤。
乐饮过三爵⑥，缓带⑦倾庶羞⑧。
主称千金寿，宾奉万年酬。
久要⑨不可忘，薄终⑩义所尤。
谦谦君子德，磬折⑪欲何求。
惊风⑫飘白日，光景⑬驰西流。
盛时不再来，百年忽我遒⑭。
生存华屋处，零落归山丘。
先民⑮谁不死，知命复何忧？

【注释】
① 亲交：亲友。
② 秦筝、齐瑟：筝、瑟均为弦乐器，秦人善制筝，齐人善制瑟。
③ 阳阿：地名，在今山西凤台北。《汉书·外戚传》："孝成赵皇后……及壮，属阳阿主家，学歌舞，号曰飞燕。"这里当指像赵飞燕一样善舞的女子。
④ 京洛：指东汉都城洛阳。
⑤ 名讴：名曲。
⑥ 爵：饮酒器。
⑦ 缓带：放松衣带。
⑧ 庶羞：各种美味佳肴。羞：同"馐"。
⑨ 久要：旧约。要：通"邀"。
⑩ "薄终"句：指对朋友始厚而终薄是道义所不允许的。尤：非难。
⑪ 磬折：将身体弯成磬一般，以示恭敬。磬：古乐器，中间弯曲。
⑫ 惊风：疾风。
⑬ 光景：日光。
⑭ 遒：尽。
⑮ 先民：泛指古人。

《椿树双雀图》（局部）

野田黄雀行

曹植

高树多悲风，海水扬其波。
利剑不在掌，结友何须多？
不见篱间雀，见鹞^①自投罗^②。
罗家^③得雀喜，少年见雀悲。
拔剑捎^④罗网，黄雀得飞飞。
飞飞摩^⑤苍天，来下谢少年。

【注释】
① 鹞：鹰的一种，似鹰而小。
② 罗：捕鸟用的网。
③ 罗家：设罗捕雀的人。
④ 捎：挑开，划破。
⑤ 摩：触及。

门有万里客行

曹植

门有万里客，问君何乡人。
褰裳①起从之，果得心所亲。
挽裳对我泣，太息②前自陈。
本是朔方③士，今为吴越民。
行行将复行，去去适④西秦⑤。

【注释】
① 褰（qiān）裳：撩起下裳。
② 太息：深深地叹息。
③ 朔方：汉代北方边郡之一，在今内蒙古及宁夏一带。亦泛指北方。
④ 适：到。
⑤ 西秦：西面的秦地。

泰山梁甫行 曹植

八方^①各异气^②，千里殊风雨。
剧^③哉边海民，寄身于草野。
妻子^④象禽兽，行止依林阻^⑤。
柴门何萧条，狐兔翔我宇^⑥。

【注释】

① 八方：古时以东西南北为四方，东南、西南、东北、西北为四隅，合称八方。这里泛指各方。
② 气：气候。
③ 剧：艰难。
④ 妻子：妻子和子女。
⑤ 林阻：山林险阻之地。
⑥ 宇：屋檐之下。

渔师孫
庭聿
烟波笛
裏魚租
沽酒多
菱子浮
雲与鸟
水一身
雨笠更
風蓑

《山水人物册之二》（局部）

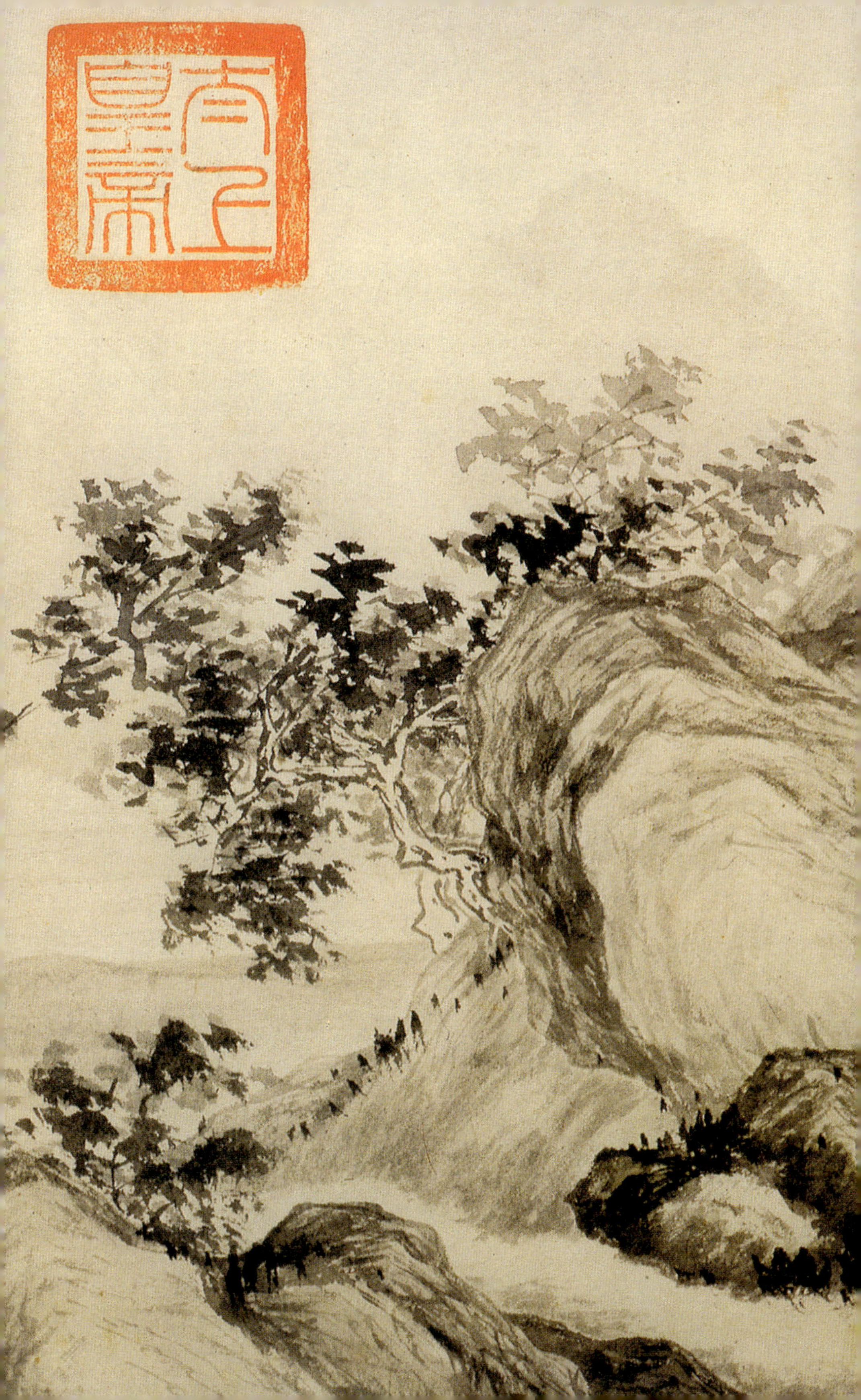

《松林扬鞭图》（局部）

白马篇

曹植

白马饰金羁①，连翩②西北驰。
借问谁家子，幽并③游侠儿。
少小去④乡邑⑤，扬声⑥沙漠垂⑦。
宿昔⑧秉⑨良弓，楛矢⑩何参差。
控弦⑪破⑫左的⑬，右发摧月支⑭。
仰手接⑮飞猱⑯，俯身散⑰马蹄⑱。
狡捷过猴猿，勇剽若豹螭⑲。
边城多警急，胡虏数迁移⑳。
羽檄㉑从北来，厉马㉒登高堤。
长驱蹈匈奴，左顾凌鲜卑。
弃身锋刃端，性命安可怀？
父母且不顾，何言子与妻。
名编壮士籍，不得中㉓顾私。
捐躯赴国难，视死忽如归。

【注释】

① 羁：马笼头。
② 连翩：原指鸟飞貌，此处用于形容骏马不断奔跑。
③ 幽并：幽州和并州。在今河北、山西、陕西一带。是古时出豪侠人物较多的地方。
④ 去：离开。
⑤ 乡邑：家乡。
⑥ 扬声：扬名。
⑦ 垂：同"陲"，边境。
⑧ 宿昔：时常，向来。
⑨ 秉：执、持。
⑩ 楛（hù）矢：用楛木做成的箭。
⑪ 控弦：开弓。
⑫ 破：射穿。
⑬ 的：箭靶。
⑭ 月支：箭靶名，亦名"素支"。
⑮ 接：迎面射。
⑯ 猱（náo）：猿类，体小，善攀缘树木，轻捷如飞。
⑰ 散：射碎。
⑱ 马蹄：箭靶名。
⑲ 螭：传说中形状如龙的黄色猛兽。
⑳ 数（shuò）迁移：屡次入侵。
㉑ 羽檄（xí）：军事征召文书，插鸟羽以示紧急，须快速传递。
㉒ 厉马：策马，催马。
㉓ 中：心中。

《洞庭黄茅渚图》（局部）

当墙欲高行

曹植

龙欲升天须浮云,人之仕进待中人[1]。

众口可以铄金。

谗言三至,慈母[2]不亲。

愦[3]愦俗间,不辩伪真。

愿欲披[4]心自说陈。

君门以九重[5],道远河无津[6]。

【注释】

① 中人:君王左右贵幸之人。
② "慈母"句:引曾参典。《史记·樗里子甘茂列传》:"鲁人有与曾参同姓名者杀人,人告其母曰'曾参杀人',其母织自若也。顷之,一人又告之曰'曾参杀人',其母尚织自若也。顷又一人告之曰'曾参杀人',其母投杼下机,逾墙而走。"
③ 愦(kui)愦:昏乱。
④ 披:劈开,显露。
⑤ 九重:典出宋玉《九辩》,"岂不郁陶而思君兮,君之门以九重。"言君主难以得见。
⑥ 津:渡口。

吁嗟篇

曹植

吁嗟①此转蓬②，居世何独然。
长去③本根逝，宿夜④无休闲。
东西经七陌⑤，南北越九阡。
卒⑥遇回风⑦起，吹我入云间。
自谓终天路⑧，忽然下沉渊。
惊飙⑨接我出，故归彼中田⑩。
当南而更北，谓东而反西。
宕宕⑪当何依，忽亡而复存。
飘飖⑫周⑬八泽⑭，连翩历五山⑮。
流转无恒处，谁知吾苦艰。
愿为中林⑯草，秋随野火燔⑰。
糜灭⑱岂不痛，愿与根荄⑲连。

【注释】

① 吁嗟：感叹词。表示忧伤或有所感。
② 转蓬：随风飘转的蓬草。古人常用于比喻漂泊无依。
③ 去：远离。
④ 宿夜：同"夙夜"，朝夕，日夜。
⑤ 七陌、九阡：言四方极远之地。
⑥ 卒：同"猝"，突然。
⑦ 回风：旋风。
⑧ 终天路：一直在天空中飘飞。
⑨ 惊飙：自下而上的暴风。
⑩ 中田：即田中。
⑪ 宕宕：同"荡荡"，飘飘荡荡。
⑫ 飘飖：同"飘摇"，飞动不定貌。
⑬ 周：遍。
⑭ 八泽：古时认为中国境内有八个大泽。《淮南子·地形训》："自东北方曰大泽，曰无通；东方曰大渚，曰少海；东南方曰具区，曰元泽；南方曰大梦，曰浩泽；西南方曰渚资，曰丹泽；西方曰九区，曰泉泽；西北方曰大夏，曰海泽；北方曰大冥，曰寒泽。"泽：湖。
⑮ 五山：五岳。一说指《史记·孝武本纪》中所说的华山、首山、太室、泰山、东莱。
⑯ 中林：即林中。
⑰ 燔（fán）：烧。
⑱ 糜灭：毁灭。
⑲ 根荄（gāi）：草根。

七哀诗

曹植

明月照高楼，流光①正徘徊。
上有愁思妇，悲叹有余哀。
借问叹者谁？自云宕子②妻。
君行逾十年，孤妾常独栖③。
君若清路尘，妾若浊水泥。
浮沉各异势，会合何时谐？
愿为西南风，长逝④入君怀。
君怀良⑤不开，贱妾当何依？

【注释】

① 流光：形容月光如水流一般。
② 宕子：宕同"荡"。指离乡外出久而不归的游子。
③ 栖：居住。
④ 逝：往，去。
⑤ 良：确实，实在。

《梦仙草堂图》（局部）

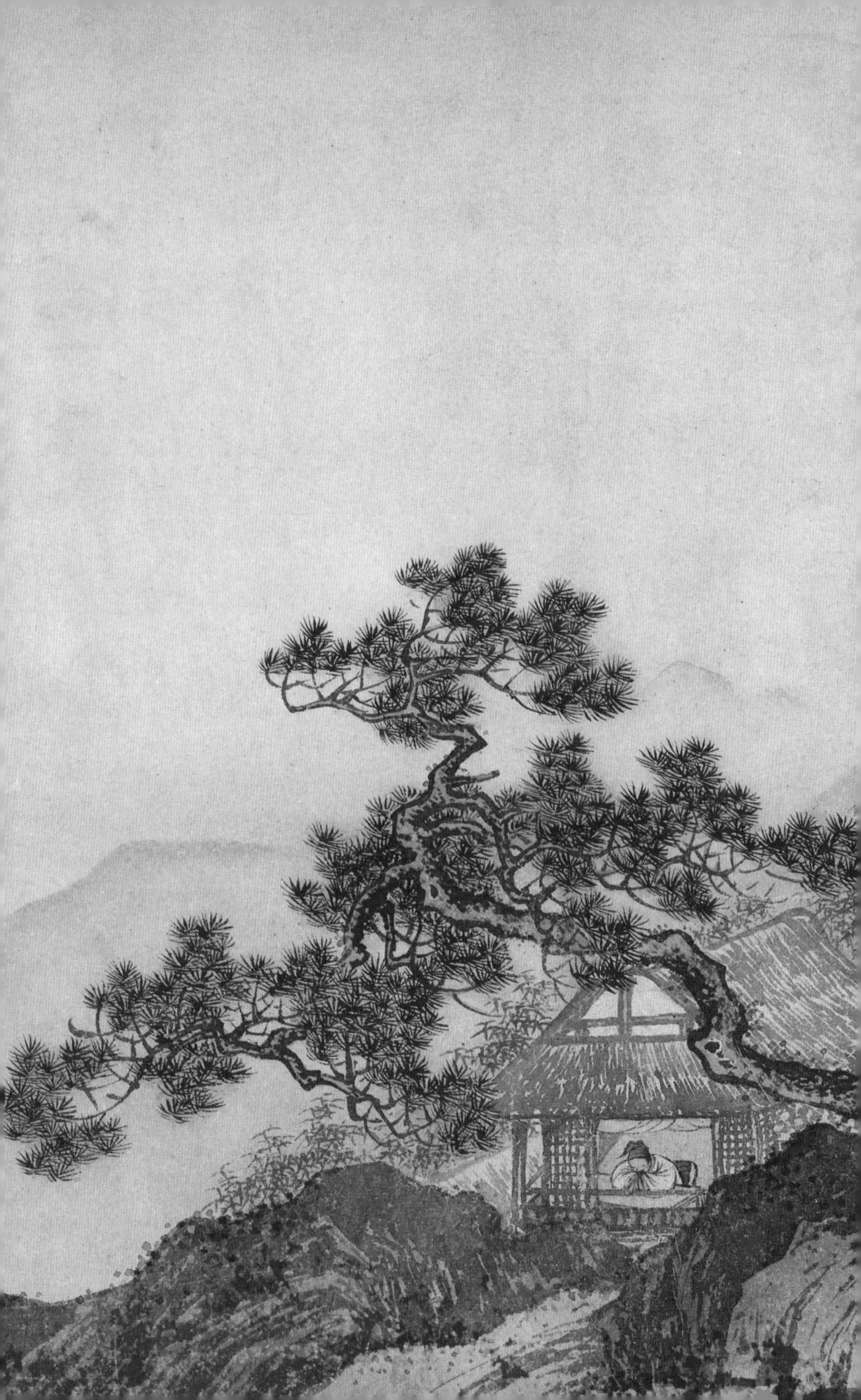

《奇峰高隐图》（局部）

壮士篇

张华

天地相震荡①，回薄②不知穷。
人物禀③常格④，有始必有终。
年时⑤俯仰过，功名宜速崇⑥。
壮士怀愤激，安能守虚冲⑦？
乘我大宛⑧马，抚我繁弱⑨弓。
长剑横九野，高冠拂玄穹。
慷慨成素霓⑩，啸咤⑪起清风。
震响骇八荒⑫，奋威曜四戎⑬。
濯⑭鳞沧海畔，驰骋大漠中。
独步圣明世，四海称英雄。

【注释】

① 震荡：激荡。
② 回薄：回旋运转。
③ 禀：遵从。
④ 常格：常规。
⑤ 年时：时光，岁月。
⑥ 速崇：尽快建立崇高的功名。
⑦ 虚冲：道家崇尚的无为淡泊的境界。
⑧ 大宛：西域古国，盛产良马。
⑨ 繁弱：古良弓名。
⑩ 素霓：白虹。
⑪ 啸咤：呼啸，大声呼吼。咤，同"咤"。
⑫ 八荒：指距中原极远的蛮荒之地。
⑬ 四戎：指周边的少数民族。
⑭ 濯：洗。

王明君①

石崇

我本汉家子,将适②单于庭。
辞决③未及终,前驱④已抗旌⑤。
仆御⑥涕流离,辕马为悲鸣。
哀郁伤五内,泣泪沾朱缨⑦。
行行⑧日已远,遂造⑨匈奴城。
延⑩我于穹庐⑪,加我阏氏⑫名。
殊类⑬非所安,虽贵非所荣。
父子⑭见凌辱,对之惭且惊。

【注释】

① 王明君:名嫱,字昭君。晋人避晋文帝司马昭讳,改称明君。
② 适:往,到,这里指出嫁。
③ 辞决:诀别。
④ 前驱:送亲队伍的先导。
⑤ 抗旌:高举旗帜,言出发。
⑥ 仆御:驾车的仆从。
⑦ 缨:冠带,系于颔下。
⑧ 行行:不停地走。
⑨ 造:抵达。
⑩ 延:引进。
⑪ 穹庐:用毡布搭成的圆顶帐篷,即蒙古包。
⑫ 阏氏(yānzhī):匈奴人称单于的妻子为阏氏,相当于汉人的皇后。
⑬ 殊类:异类,不同民族。
⑭ "父子"句:即被父子凌辱。昭君曾先

杀身良⑮不易，默默以苟生⑯。

苟生亦何聊⑰，积思常愤盈。

愿假⑱飞鸿翼，弃之以遐征⑲。

飞鸿不我顾⑳，伫立以屏营㉑。

昔为匣中玉，今为粪上英㉒。

朝华㉓不足欢，甘与秋草并。

传语后世人，远嫁难为情㉔。

后嫁与呼韩邪单于及其子（前阏氏所生）。父死，子妻其后母是匈奴习俗。

⑮ 良：实在，诚然。

⑯ 苟生：苟且偷生。

⑰ 何聊：有什么意思。

⑱ 假：借。

⑲ 遐征：远行。

⑳ 顾：看。

㉑ 屏营：惶惑彷徨状。

㉒ 英：花朵。

㉓ 华：同"花"。

㉔ 难为情：谓感情上受不了。

《蕉叶睡女图》（局部）

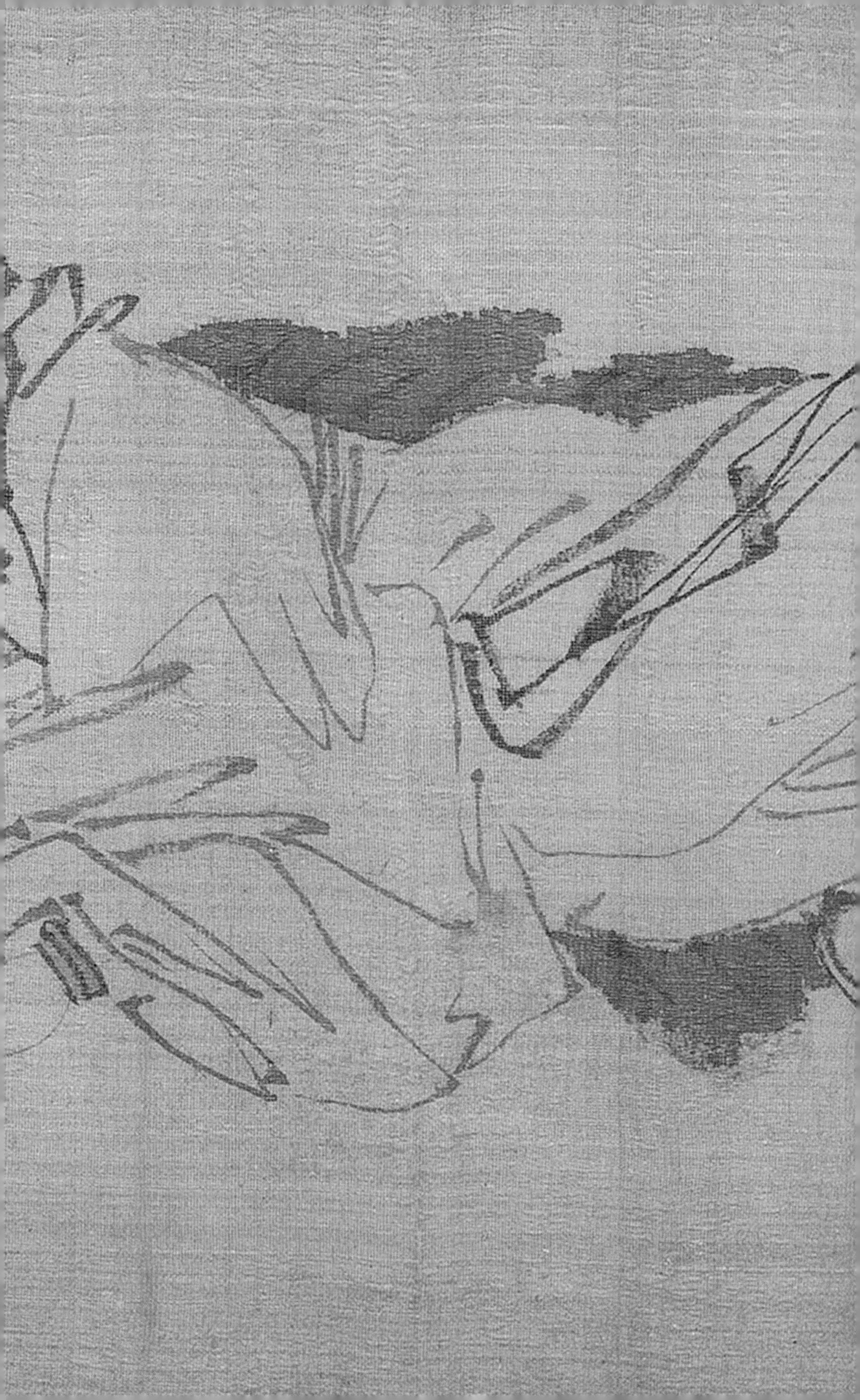

扶风歌

刘琨

朝发广莫门①，暮宿丹水山②。
左手弯繁弱，右手挥龙渊③。
顾④瞻望宫阙，俯仰御飞轩⑤。
据鞍⑥长叹息，泪下如流泉。
系马长松下，废鞍⑦高岳头。
烈烈悲风起，泠泠涧水流。
挥手长相谢⑧，哽咽不能言。
浮云为我结⑨，归鸟为我旋。
去⑩家日已远，安知存与亡。

【注释】
① 广莫门：晋洛阳城北门。
② 丹水山：即丹朱岭，在今山西高平市北，丹水发源于此。
③ 龙渊：古宝剑名。
④ 顾：回头。
⑤ 飞轩：飞奔的马车。
⑥ 据鞍：跨着马鞍。
⑦ 废鞍：卸下马鞍。
⑧ 谢：辞别。
⑨ 结：集结。
⑩ 去：离开。

慷慨⑪穷林中，抱膝独摧藏⑫。
麋鹿游我前，猿猴戏我侧。
资粮既乏尽，薇蕨⑬安可食。
揽辔命徒侣⑭，吟啸绝岩中。
君子道微矣，夫子故有穷。
惟昔李⑮骞期⑯，寄⑰在匈奴庭。
忠信反获罪，汉武不见明⑱。
我欲竟此曲，此曲悲且长。
弃置勿重陈⑲，重陈令心伤。

⑪ 慷慨：慨叹。
⑫ 摧藏：凄怆，悲伤。
⑬ 薇蕨：薇和蕨皆是野菜，嫩时可食。
⑭ 徒侣：随从。
⑮ 李：指李陵。
⑯ 骞期：骞通"愆"。愆期：错过约定的时日。李陵在汉武帝天汉二年（前99），率步卒五千人出征匈奴，遭到八万匈奴围击。李陵苦战八日，力竭降敌。武帝因此杀了李陵全家。
⑰ 寄：寄居。
⑱ 明：明察。
⑲ 重陈：再次陈述。

《溪山渔隐图》(局部)

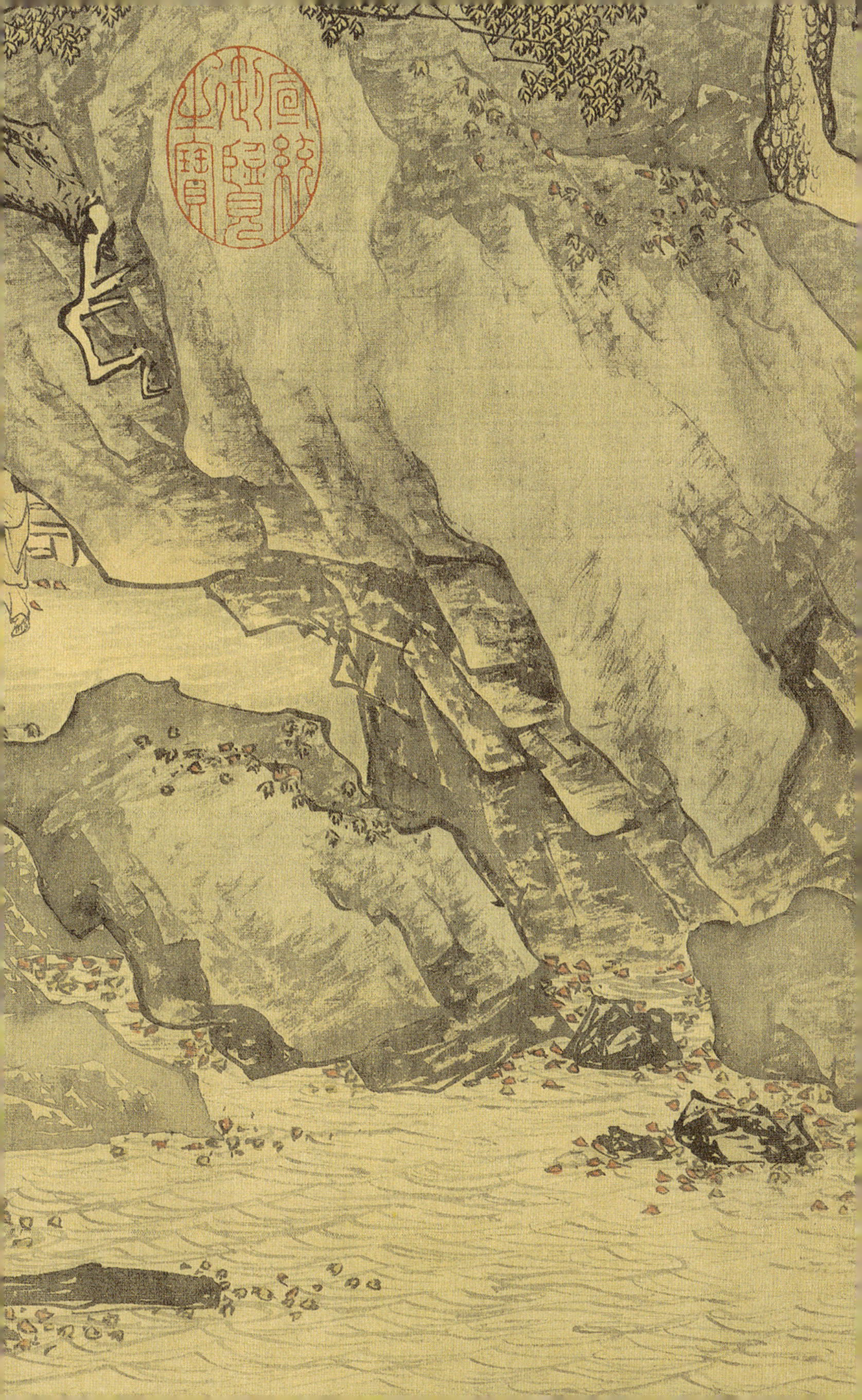

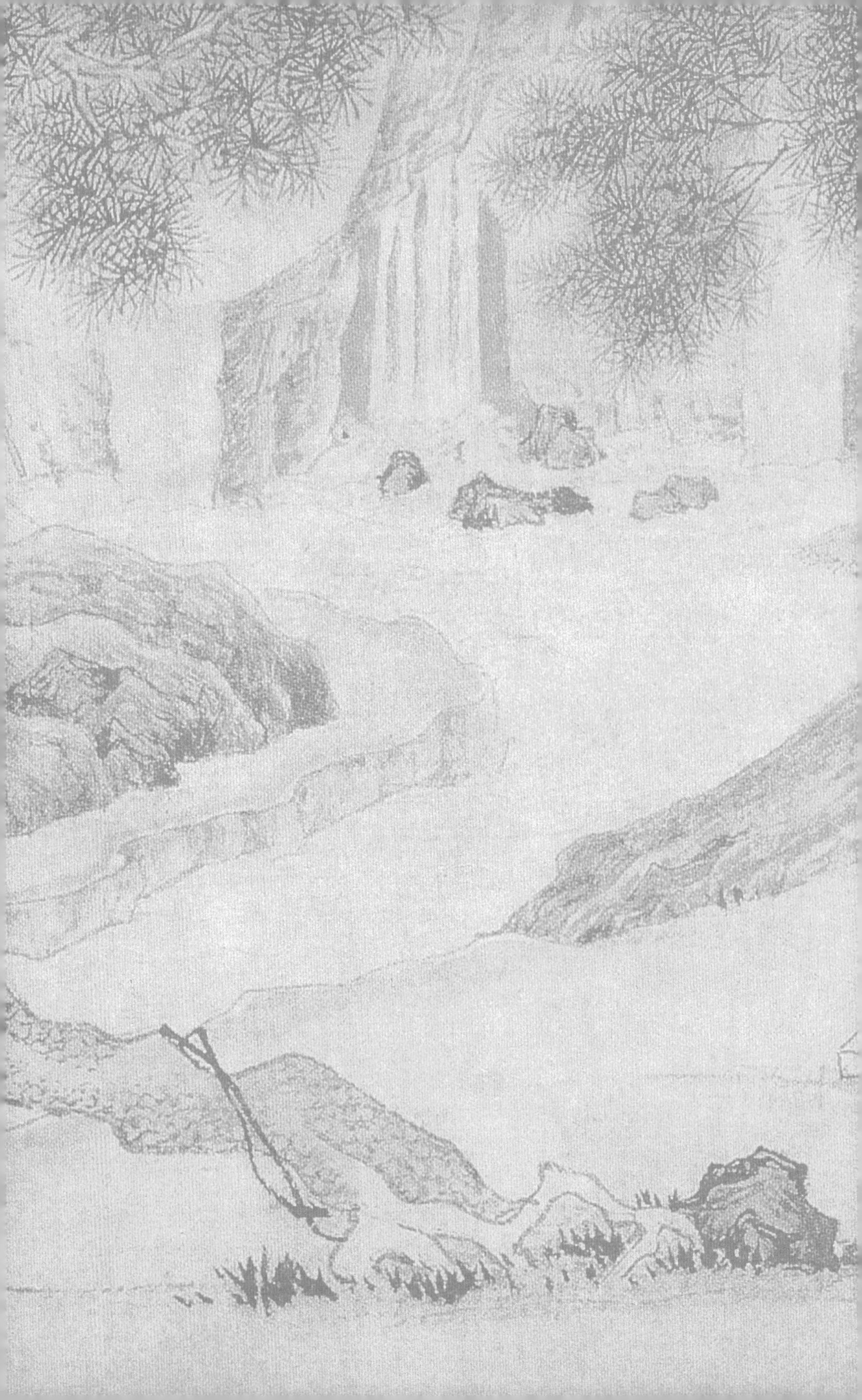

【南北朝】

《南游图》（局部）

代东门行　鲍照

伤禽[1]恶[2]弦惊，倦客恶离声。
离声断客情，宾御[3]皆涕零。
涕零心断绝，将去复还诀[4]。
一息[5]不相知，何况异乡别。
遥遥征驾远，杳杳[6]白日晚。
居人掩闺[7]卧，行子夜中饭。
野风吹草木，行子心肠断。
食梅常苦酸，衣葛常苦寒。
丝竹徒满座，忧人不解颜[8]。
长歌欲自慰，弥[9]起长恨端[10]。

【注释】

[1] 伤禽：《战国策·楚策》载更羸以无箭之弓射落一只大雁，魏王不解，他告诉魏王，这是一只受伤的大雁，"其飞徐而鸣悲。飞徐者，故疮痛也；鸣悲者，久失群也。故疮未息，而惊心未去也。闻弦音，引而高飞，故疮陨也。"此处以惊弓之鸟自喻。
[2] 恶：讨厌。
[3] 宾御：送行的宾客和仆从。
[4] 诀：话别。
[5] 一息：片刻之间。息：喘息。
[6] 杳杳：昏暗貌。
[7] 闺：闺门，内室之门。
[8] 解颜：开颜，指欢笑。
[9] 弥：益，更加。
[10] 端：头绪。

代东武吟

鲍照

主人且勿喧，贱子①歌一言。
仆本寒乡士，出身蒙汉恩。
始随张校尉②，召募到河源③。
后逐李轻车④，追虏出塞垣⑤。
密途⑥亘万里，宁岁⑦犹七奔⑧。
肌力尽鞍甲，心思历凉温。
将军既下世⑨，部曲⑩亦罕存。

【注释】
① 贱子：歌者的谦称。
② 张校尉：即张骞，曾以校尉之职随卫青击匈奴。
③ 河源：黄河源头。
④ 李轻车：李蔡，李广从弟，曾为轻车将军，击匈奴右贤王有功。
⑤ 塞垣：泛指边塞地区。
⑥ 密途：近路。
⑦ 宁岁：安宁的岁月。
⑧ 七奔：指多次为征战奔命。《左传·成公七年》："吴始伐楚……子重、子反于是乎一岁七奔命。"
⑨ 下世：去世。
⑩ 部曲：泛指同僚。《汉书·李广传》颜师古注引《续汉书·百官志》云："将军领军，皆有部曲。大将军营五部，部校尉一人。部下有曲，曲有军候一人。"
⑪ 孤绩：个人独有的功绩。
⑫ 腰镰：腰间插着镰刀。
⑬ 刈（yì）：割。
⑭ 藿：豆叶。
⑮ 豚：猪。
⑯ 韝（gōu）：革制臂套。打猎时缚于两臂

时事一朝异,孤绩谁复论。

少壮辞家去,穷老还入门。

腰镰刈葵藿,倚杖牧鸡豚。

昔如鞲上鹰,今似槛中猿。

徒结千载恨,空负百年怨。

弃席思君幄,疲马恋君轩。

愿垂晋主惠,不愧田子魂。

以便射箭、架鹰。

⑰槛:关兽类的栅栏。

⑱"弃席"句:用晋文公事。据《韩非子·外储说左上》载,晋文公流亡二十年后归国,"令笾豆捐之,席蓐捐之,手足胼胝,面目黧黑者后之。咎犯闻之而夜哭。公曰:'寡人出亡二十年,乃今得反国。咎犯闻之,不喜而哭,意不欲寡人反国耶?'犯对曰:'笾豆所以食也,而君捐之;席蓐所以卧也,而君弃之;手足胼胝,面目黧黑,劳有功者也,而君后之。今臣有与在后,中不胜其哀。故哭。'"文公遂收回此令。后以"弃席"比喻被抛弃的功臣。幄:帐幕。

⑲"疲马"句:用田子方事。《韩诗外传》:"昔者田子方出,见老马于道,喟然有志焉。以问于御者曰:'此何马也?'御曰:'故公家畜也,罢而不为用,故出放之也。'田子方曰:'少尽其力,而老弃其身,仁者不为也。'束帛而赎之。穷士闻之,知所归心矣。"轩:车驾。

⑳垂:赐予。

《扇面》

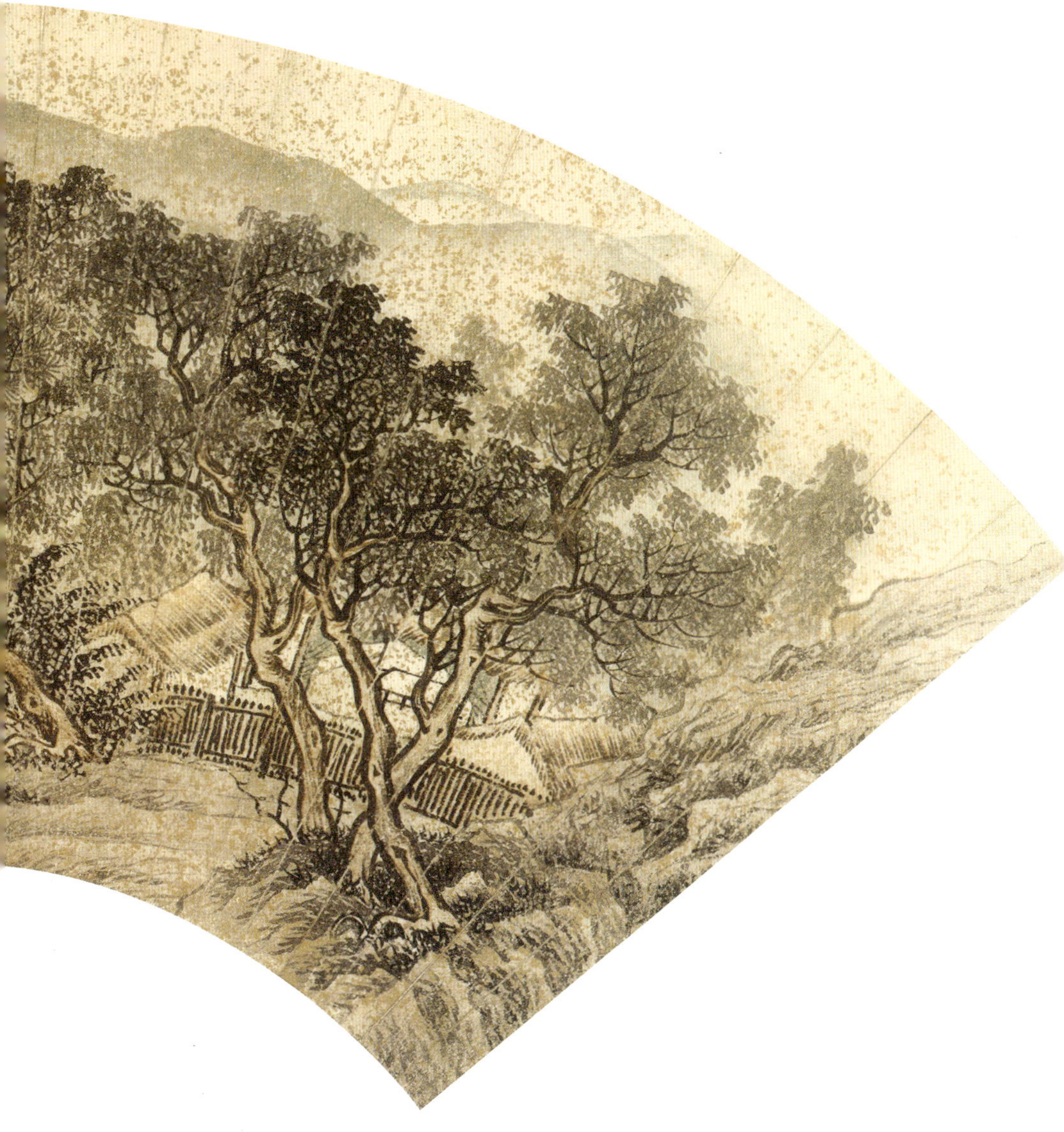

《浔阳八景图之七》（局部）

拟行路难十八首（选二） 其四 鲍照

泻[1]水置平地，各自东西南北流。
人生亦有命，安能行叹复坐愁？
酌酒以自宽[2]，举杯断绝歌路难。
心非木石岂无感，吞声[3]踯躅[4]不敢言。

【注释】
① 泻：倾倒。
② 宽：宽解。
③ 吞声：声欲发又止。
④ 踯躅：犹豫不前貌。

《临李公麟饮中八仙图》（局部）

拟行路难十八首（选二）其十 鲍照

君不见槿华[1]不终朝,须臾淹冉[2]零落销。
盛年妖艳浮华辈,不久亦当诣[3]冢头。
一去无还期,千秋万岁无音词。
孤魂茕茕[4]空陇[5]间,独魄徘徊绕坟基。
但闻风声野鸟吟,岂忆平生盛年时。
为此令人多悲悒[6],君当纵意自熙怡[7]。

【注释】
[1] 槿华:又称"舜华",木槿花,朝开而夕落。
[2] 淹冉：犹"渐冉",逐渐,渐渐。
[3] 诣：去。
[4] 茕(qióng)茕：孤独无依貌。
[5] 空陇：荒坟。
[6] 悒：不安。
[7] 熙怡：和乐喜悦。

《观梅图》（局部）

有所思

王融

如何有所思，而无相见时。
夙昔[1]梦颜色[2]，阶庭寻履綦[3]。
高张[4]更何已，引满[5]终自持。
欲知忧能老[6]，为视镜中丝[7]。

【注释】
[1] 夙昔：同"宿昔"，夜晚。
[2] 颜色：容貌。
[3] 履綦（qí）：鞋和鞋饰，这里代指足迹。
[4] 高张：将弦绷紧，比喻思绪。
[5] 引满：拉弓至满，亦喻思绪。
[6] 老：使人老。
[7] 丝：白发。

《招隐图》(局部)

临高台

谢朓

千里常思归,登台临绮翼[1]。
才见孤鸟还,未辨连山极[2]。
四面动清风,朝夜起寒色。
谁知倦游者,嗟此故乡忆。

【注释】
[1] 绮翼:华美如鸟羽般的丝织品,这里指窗帷。
[2] 极:尽头。

《桐阴清梦图》（局部）

玉阶怨

谢朓

夕殿下珠帘,流萤①飞复息。
长夜缝罗衣,思君此何极②。

【注释】
① 流萤:飞动的萤火虫。
② 极:尽头。

《芍药图》（局部）

王孙游

谢朓

绿草蔓[1]如丝，杂树红英发。
无论君不归，君归芳已歇[2]。

【注释】
[1] 蔓：蔓延。
[2] 歇：尽。

穗色離離到草堂早看
疎葉點新霜道人自得
萧閒味睡擁書映夕
陽起 徵明題

古木深深覆草廬
江湖無際碧天舒
臨軒盡日悠然坐
雅志應知不在魚
寅

《潯陽八景圖之三》（局部）

同王主簿有所思 谢朓

佳期[1]期[2]未归,望望[3]下鸣机[4]。
徘徊东陌上,月出行人稀。

【注释】
[1] 佳期:指行人的归期。
[2] 期:动词,期盼。
[3] 望望:瞻望貌。
[4] 鸣机:织机。

《款鹤图》（局部）

出自蓟北门行　庾信

蓟门还北望，役役[1]尽伤情。
关山连汉月，陇水[2]向秦城。
笳[3]寒芦叶脆，弓冻纻弦[4]鸣。
梅林[5]能止渴，复姓[6]可防兵。
将军朝挑战，都护夜巡营。
燕山[7]犹有石，须勒几人名。

【注释】

[1] 役役：每次战役。
[2] 陇水：河流名。源出陇山，故名。
[3] 笳：胡笳。
[4] 纻弦：苎麻搓成的弓弦。
[5] 梅林：用曹操望梅止渴典。
[6] 复姓：两字或两字以上的姓氏。北魏至北周武将多用复姓。
[7] 燕山：指窦宪大破匈奴北单于后，于燕然山勒石纪功事。《后汉书·窦融列传》："宪、秉遂登燕然山，去塞三千余里，刻石勒功，纪汉威德。"

《临李公麟饮中八仙图》（局部）

对酒歌

庾信

春水望桃花，春洲藉[1]芳杜[2]。
琴从绿珠[3]借，酒就文君[4]取。
牵马向渭桥，日曝山头脯。
山简[5]接䍦倒，王戎[6]如意舞。
筝鸣金谷园[7]，笛韵平阳坞[8]。
人生一百年，欢笑唯三五[9]。
何处觅钱刀，求为洛阳贾[10]。

【注释】

[1] 藉：顾念，顾惜。
[2] 芳杜：芳香的杜若。
[3] 绿珠：石崇宠妾，著名美女，善琴笛。
[4] 文君：卓文君。曾与司马相如私奔，卖酒为生。
[5] "山简"句：典出《世说新语·任诞》，"山季伦（山简）为荆州，时出酣畅。人为之歌曰：'山公时一醉，径造高阳池。日暮倒载归，酩酊无所知。复能乘骏马，倒著白接䍦。举手问葛彊，何如并州儿？'高阳池在襄阳。彊是其爱将，并州人也。"接䍦：一种头巾。
[6] "王戎"句：典出《语林》，"王戎以如意指林公曰'何柱，汝忆摇橹时否？'何柱，林公小字也。"
[7] 金谷园：石崇在金谷所筑别馆。
[8] 平阳坞：典出马融《长笛赋》，"融性好音律，能鼓琴吹笛。而为督邮，无留事，独卧眉县平阳坞中。有洛客舍逆旅，吹笛为《气出》《精列》相和。"
[9] 三五：约举之数，表示数目不多。这里言欢笑之少。
[10] 贾：商贾。

窗間一榻舊煙霞消晝間
中鬢裡華只有詩硯消未
得春風吹上木蘭花
咸辰二月六祝允明 書於翠

《人物册之一》（局部）

怨歌行　庾信

家住金陵[1]县前，嫁得长安少年。
回头望乡泪落，不知何处天边。
胡尘[2]几日应尽，汉月何时更圆。
为君能歌此曲，不觉心随断弦。

【注释】
[1] 金陵：古邑名，今南京的别称。
[2] 胡尘：泛指与西北少数民族的战事。

《雨竹小鸟图》(局部)

子夜四时歌·春歌二十首（选二）其十　佚名

春林花多媚，春鸟意多哀。
春风复多情，吹我罗裳开。

《墨梅图》（局部）

子夜四时歌·春歌二十首（选二） 其十二 佚名

梅花落已尽，柳花吹风散。
叹我当春年，无人相要唤[1]。

【注释】
[1] 要唤：邀约。

《芙蕖图》(局部)

子夜四时歌·夏歌二十首（选一） 其八 佚名

朝登凉台上，夕宿兰池里。
乘月采芙蓉①，夜夜得莲子②。

【注释】
① 芙蓉：荷花，一说谐音"夫容"。
② 莲子：谐音"怜子"。

《南游图》（局部）

紫骝马歌辞　佚名

高高山头树，风吹叶落去。

一去数千里，何当还故处[①]。

【注释】

[①] 故处：故乡。

《观瀑图》（局部）

陇头歌辞三首 其一　佚名

陇头流水，流离①山下。
念吾一身，飘然旷野。

【注释】
① 流离：水流淋漓四下貌。

陇头歌辞三首

其二　佚名

朝发欣城，暮宿陇头。
寒不能语，舌卷入喉。

陇头歌辞三首 其三 佚名

陇头流水,鸣声呜咽。
遥望秦川[①],心肝断绝。

【注释】
① 秦川:从陇山之东到函谷关一带,即"关中"。古属秦,故称秦川。

《悟阳子养生图》（局部）

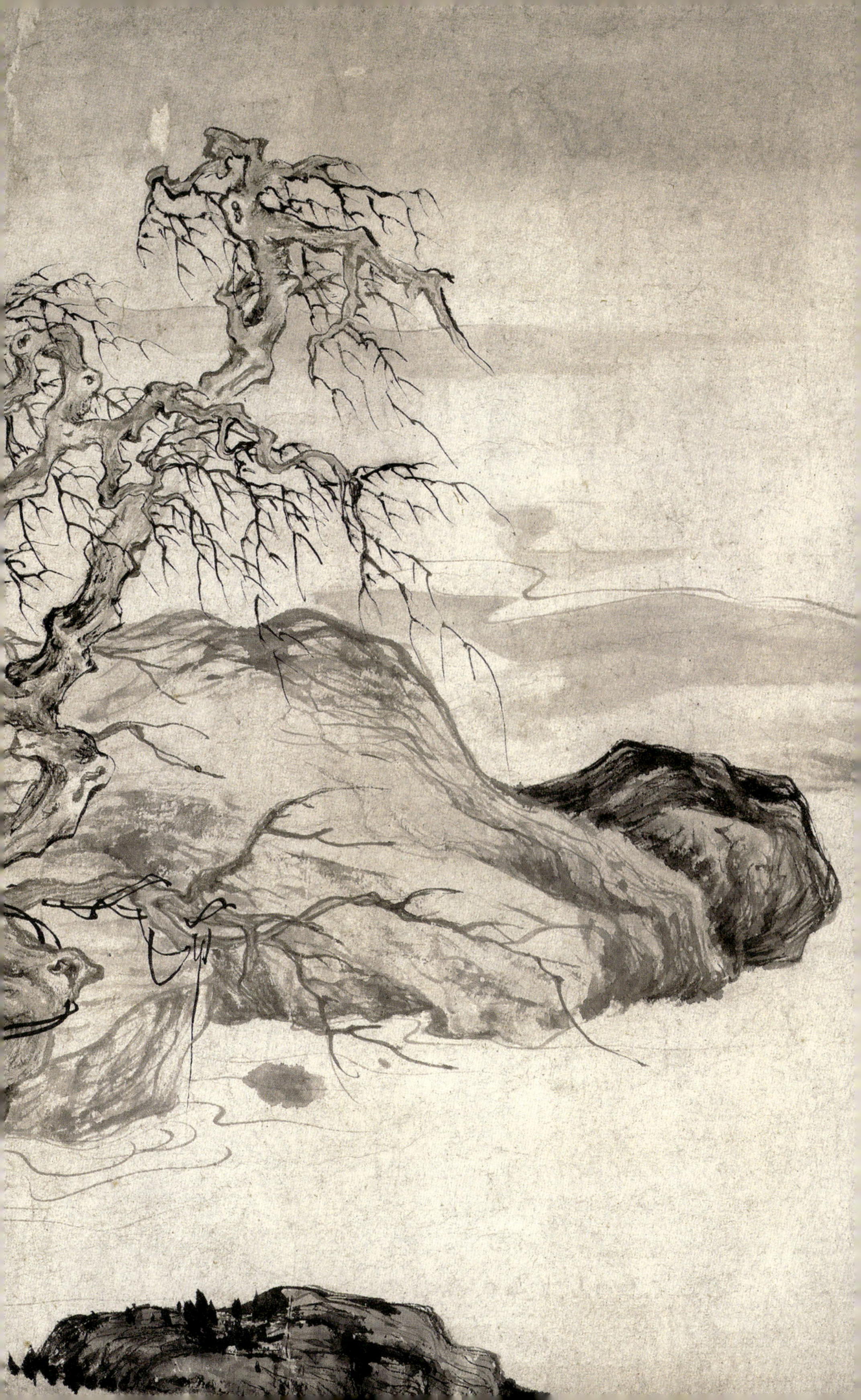

折杨柳歌辞五首（选二） 其一 佚名

上马不捉①鞭，反折杨柳枝。
蹀座②吹长笛，愁杀行客儿。

【注释】
① 捉：握持。
② 蹀（dié）座：双足交叠而坐。座，通"坐"。

折杨柳歌辞五首（选二） 其二 佚名

腹中愁不乐，愿作郎马鞭。
出入擐^①郎臂，蹀座郎膝边。

【注释】

① 擐（huàn）：穿，挂。

《浔阳八景图之一》（局部）

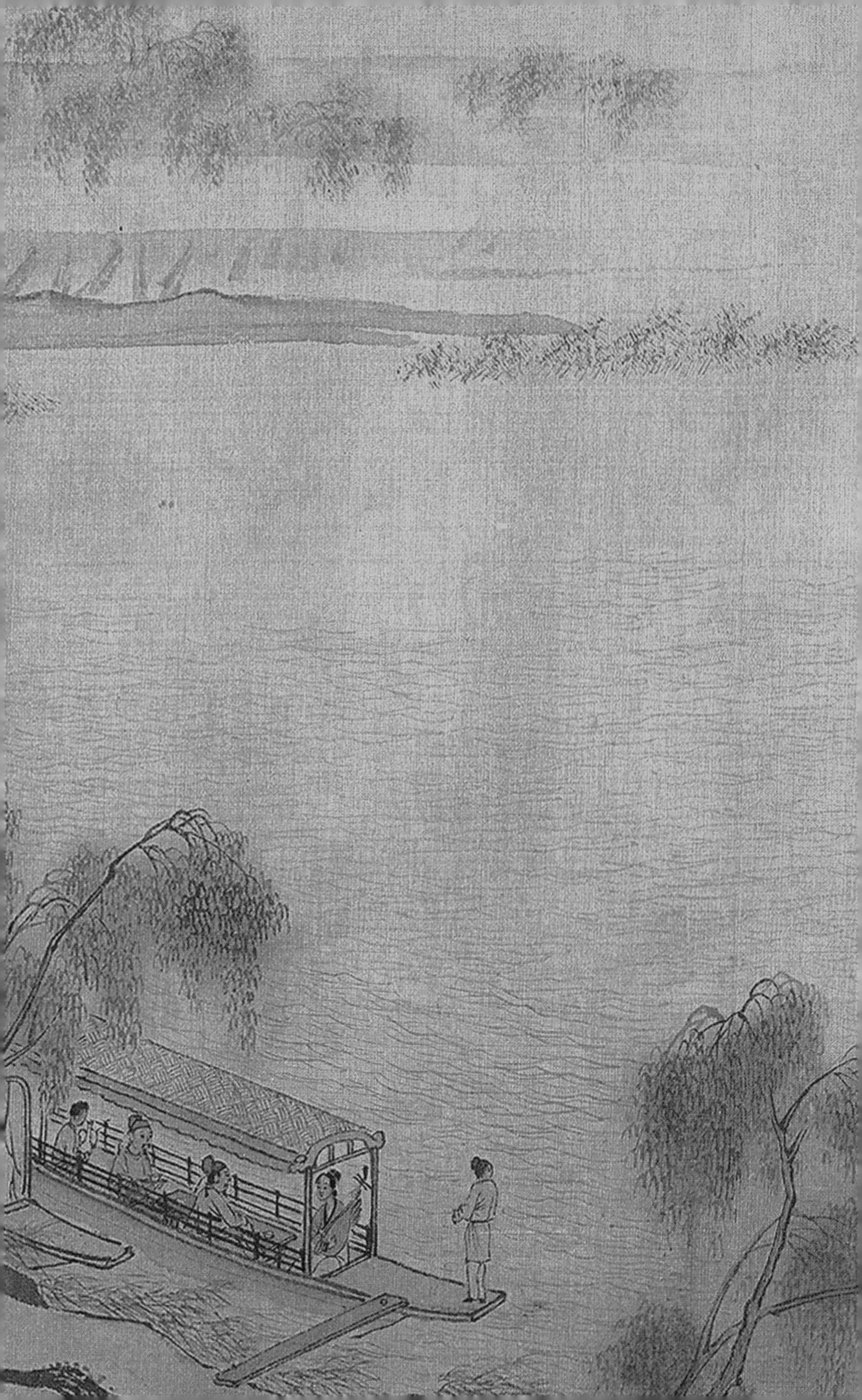

《葑田行犊图》（局部）

敕勒歌　佚名

敕勒川[1]，阴山下。
天似穹庐，笼盖四野。
天苍苍，野茫茫。
风吹草低见[2]牛羊。

【注释】
[1] 敕勒川：敕勒族居住的平原。川：平原。
[2] 见：同"现"，显露。

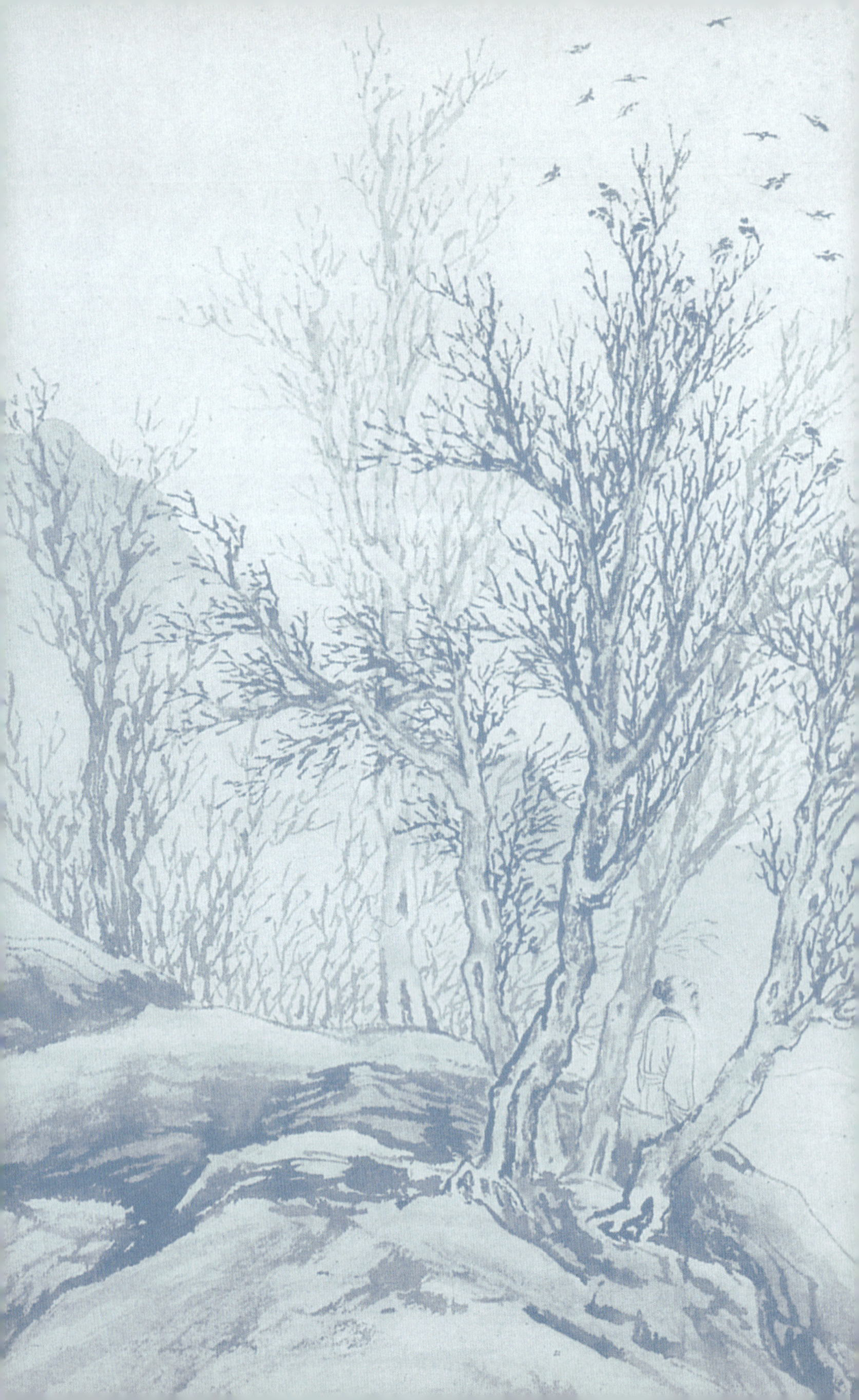

【隋唐】

郎中畫
裹詩

《山水人物冊之八》（局部）

春江花月夜二首（选一） 其一 杨广

暮江平不动，春花满正开。
流波将^①月去，潮水带星来。

【注释】
① 将：携带。

《山路松声图》(局部)

出塞二首（选一）其一 杨素

漠南胡未空，汉将复临戎[1]。
飞狐[2]出塞北，碣石[3]指辽东[4]。
冠军[5]临瀚海，长平[6]翼大风。
云横虎落[7]阵，气抱龙城[8]虹。
横行万里外，胡运百年穷。
兵寝[9]星芒落，战解[10]月轮空。
严镳[11]息夜斗，驿角[12]罢鸣弓。
北风嘶朔马[13]，胡霜切[14]塞鸿。
休明[15]大道暨[16]，幽荒日用同。
方就长安邸，来谒建章宫[17]。

【注释】

① 临戎：出征，亲临战阵。
② 飞狐：飞狐峪，关隘名，在今河北涞源县北蔚县南。为古代河北平原与北方边郡间的交通咽喉。
③ 碣石：山名。
④ 辽东：郡名，今辽宁大凌河以东地区。
⑤ "冠军"句：用霍去病事，霍去病曾封冠军侯。《史记·匈奴列传》："汉骠骑将军之出代二千余里，与左贤王接战，汉兵得胡首虏凡七万余级，左贤王将皆遁走。骠骑封于狼居胥山，禅姑衍，临翰海而还。"瀚海：北海，疑即今贝加尔湖。
⑥ "长平"句：用卫青事，卫青曾封长平侯。《史记·匈奴列传》："单于闻之，远其辎重，以精兵待于幕北。与汉大将军接战一日，会暮，大风起，汉兵纵左右翼围单于。单于自度战不能如汉兵，单于遂独身与壮骑数百溃汉围西北遁走。汉兵夜追不得。行斩捕匈奴首虏万九千级，北至阗颜山赵信城而还。"
⑦ 虎落：遮护城堡或营寨的篱笆。
⑧ 龙城：汉时匈奴祭祀之所，又称龙庭。汉武帝元光六年（前129），卫青至龙城，获首虏七百级。
⑨ 寝：止息，停止。
⑩ 解：停止。
⑪ 镳（jiāo）、斗：镳斗，又名刁斗，古代军用炊具，三足，有柄，夜间用来敲击报更。
⑫ 驿（xīng）角：红色的角弓。驿：赤色的马和牛，这里指红色。
⑬ 朔马：北方的马。
⑭ 切：使动用法，使……凄切。
⑮ 休明：美善清明。陆机《五等诸侯论》："德之休明，黜陟日用。"
⑯ 暨（jì）：至，到。
⑰ 建章宫：汉代宫名，在未央宫西。此处指隋朝的宫廷。

《关山行旅图》（局部）

出塞　王之涣

黄河远上白云间，一片孤城万仞[1]山。
羌笛[2]何须怨杨柳[3]？春风不度玉门关[4]。

【注释】
[1] 仞：古代的长度单位，一仞相当于七八尺。万仞，极言山之高。
[2] 羌笛：乐器名。古时流行于塞外的一种笛子，长四十余厘米，最初为四音孔，后改为五音孔，可独奏或伴奏。因源出于少数民族羌族中，故称为羌笛。
[3] 杨柳：指《折杨柳》曲。唐朝有折柳赠别的风俗。
[4] 玉门关：古关名，汉武帝置，故址在今甘肃敦煌市西北小方盘城。和西南的阳关同为联系西域各地的交通门户。

少年行二首 其一 王昌龄

西陵①侠少年，送客过长亭②。
青槐夹两路，白马如流星。
闻道羽书③急，单于寇④井陉⑤。
气高轻赴难，谁顾燕山铭⑥。

【注释】

① 西陵：汉代五个皇帝的陵墓长陵、安陵、阳陵、茂陵、平陵合称五陵，因在长安西北，又称西陵。当时富家豪族和外戚大都居住在五陵附近。

② 长亭：古时在城外路旁设立的亭舍，供行人休息或饯别亲友。十里一长亭，五里一短亭。

③ 羽书：即羽檄。军事征召文书，插鸟羽以示紧急，须快速传递。

④ 寇：入侵，侵犯。

⑤ 井陉：关隘名，秦汉时为军事要地，在今河北井陉县。

⑥ 燕山铭：东汉窦宪大破匈奴北单于后，于燕然山勒石纪功，使班固作《封燕然山铭》。

少年行二首 其二 王昌龄

走马还相寻①,西楼下夕阴②。
结交期一剑,留意赠千金。
高阁歌声远,重关柳色深。
夜阑须尽饮,莫负百年心。

【注释】
① 寻:寻访。
② 夕阴:黄昏的阴影。

《浔阳八景图之四》（局部）

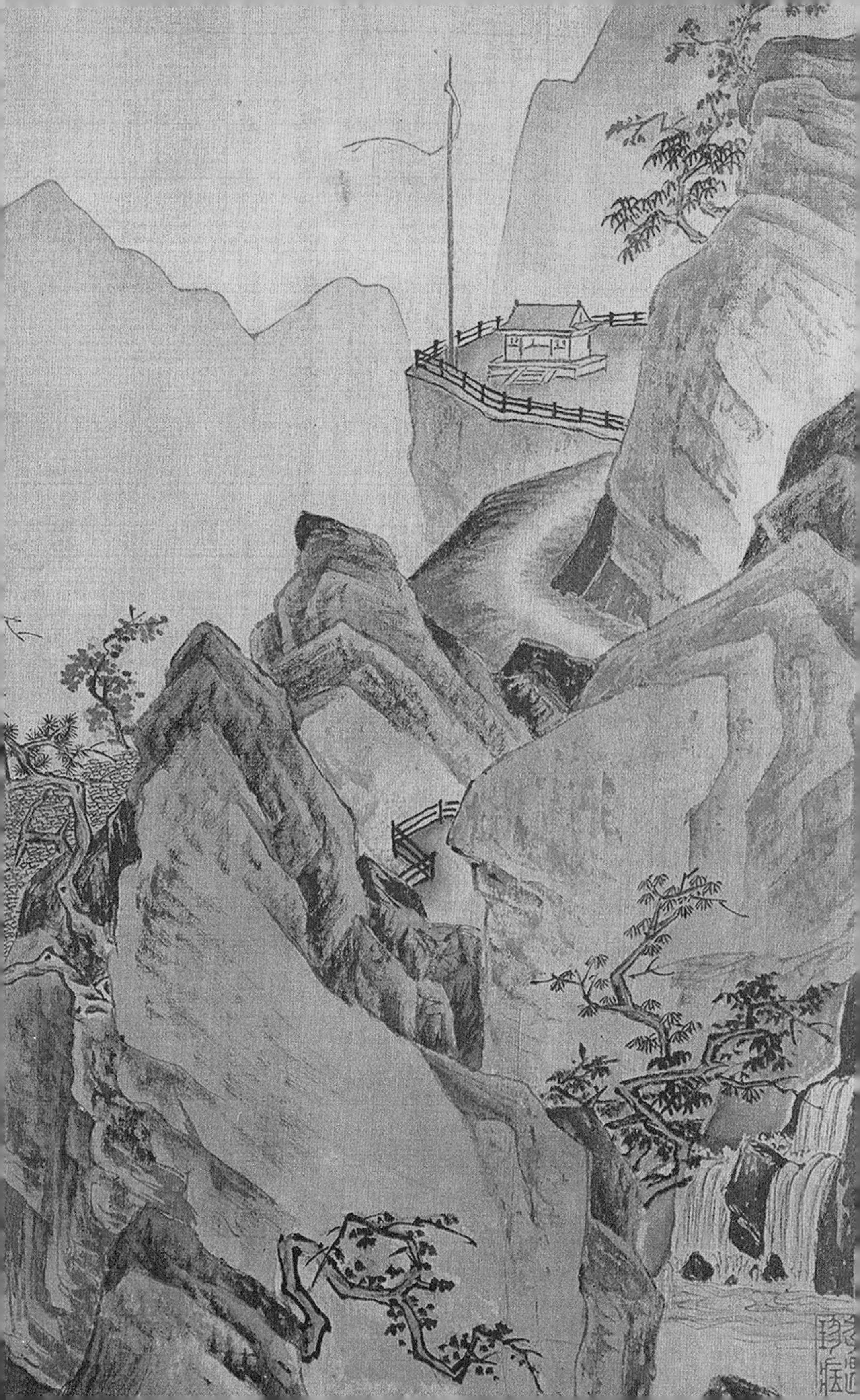

从军行七首（选四）

其一 王昌龄

烽火城西百尺楼，黄昏独上海①风秋。
更吹羌笛关山月②，无那③金闺④万里愁。

【注释】
① 海：北地以"海"称湖泊。
② 关山月：曲名，多为伤别之辞。
③ 无那：无奈。
④ 金闺：闺阁。

从军行七首（选四） 其二 王昌龄

琵琶起舞换新声①，总是关山离别情。
撩乱②边愁听不尽，高高秋月照长城。

【注释】
① 新声：新的歌曲。
② 撩乱：内心的烦乱。

《烧药图》（局部）

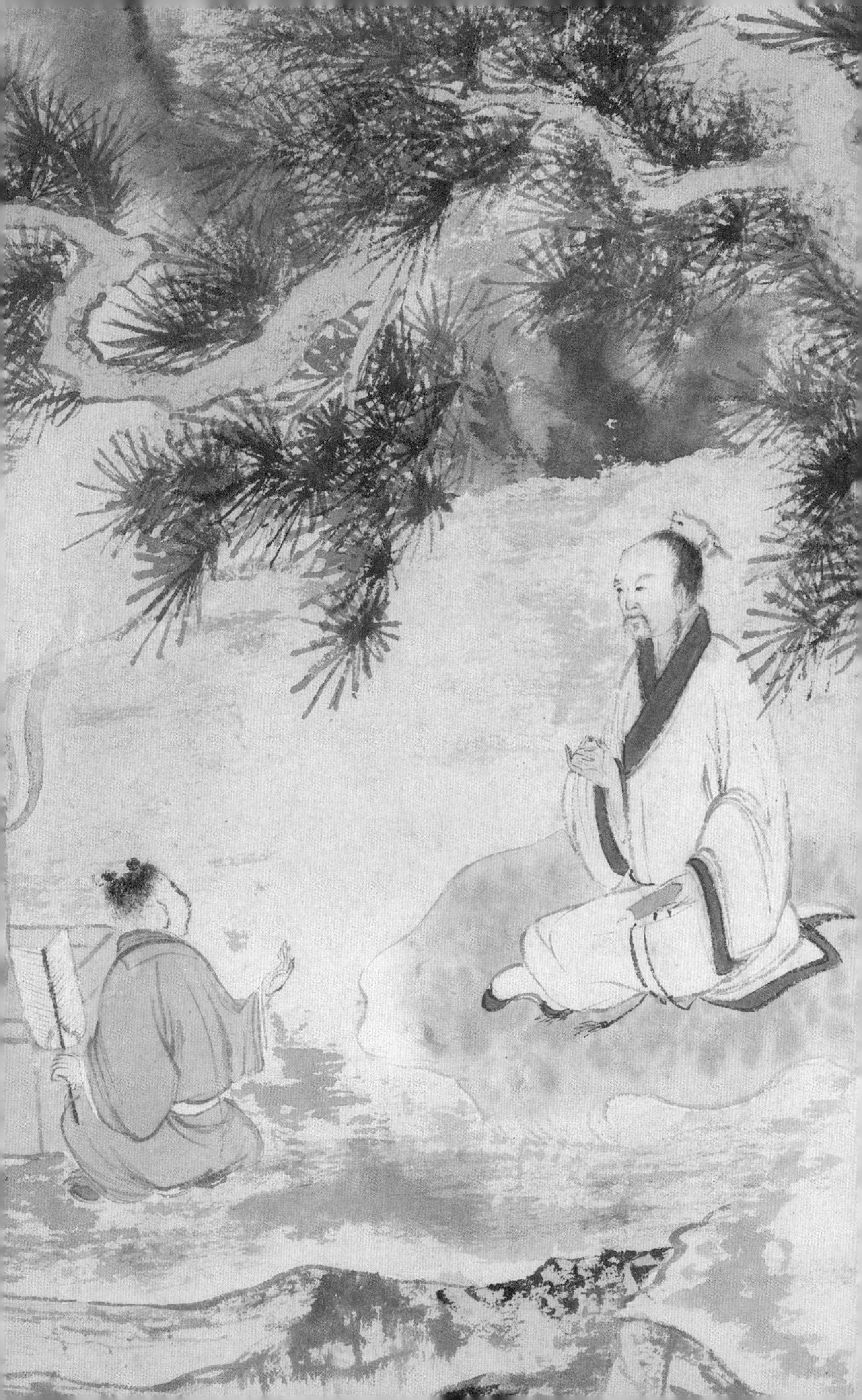

从军行七首（选四）

其四

王昌龄

青海①长云暗雪山，孤城遥望玉门关。
黄沙百战穿金甲，不破楼兰②终不还。

【注释】

① 青海：语出《十三州记》，"允吾县西有卑禾羌海谓之青海。"
② 楼兰：汉时西域国名，即鄯善国。

从军行七首（选四）其五　王昌龄

大漠风尘日色昏，红旗半卷出辕门①。
前军②夜战洮河③北，已报生擒吐谷浑④。

【注释】
① 辕门：古时军营的门或官署的外门。
② 前军：指唐军的先头部队。
③ 洮河：河名，源出甘肃临洮西北的西倾山，最后流入黄河。
④ 吐谷（yù）浑：古代少数民族之一，主要聚居在今青海北部、新疆东南部。鲜卑后裔。

《金昌送别图》（局部）

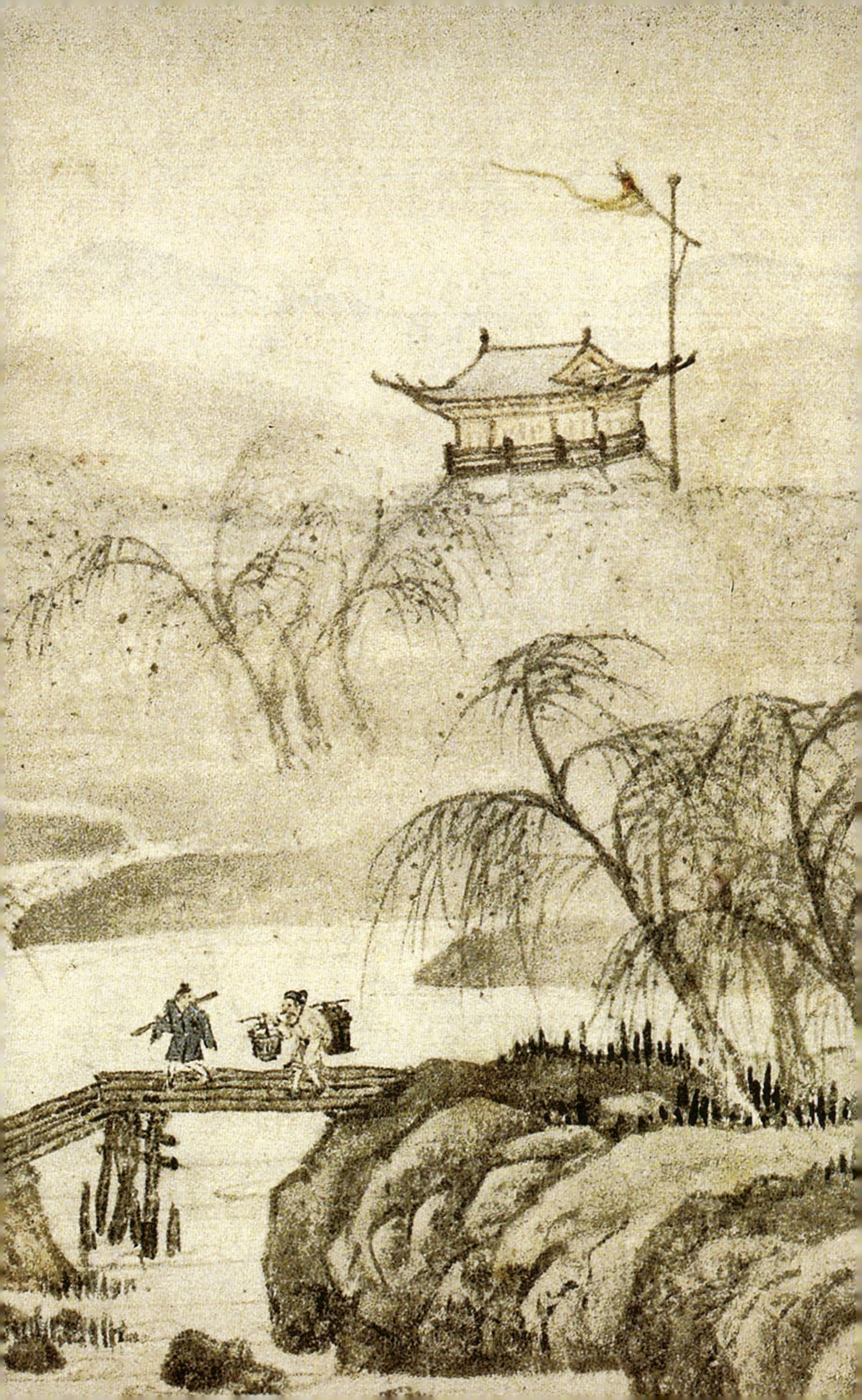

君王宴罢斗阑珊，巾命宫妓寻花柄以丹芙而圭之仰後想摇

《王蜀宫妓图》（局部）

长信怨五首（选二） 其一 王昌龄

金井梧桐秋叶黄，珠帘不卷夜来霜。
熏笼②玉枕无颜色，卧听南宫③清漏④长。

【注释】

① 长信：汉宫名。赵飞燕得宠后，班婕妤"恐久见危，求供养太后长信宫，上许焉"。见《汉书·外戚传》。《长信怨》是拟托汉代班婕妤在长信宫中某个秋天的事情而写作的。

② 熏笼：古人取暖、熏衣之具。
③ 南宫：即未央宫。
④ 漏：古代计时的器具，利用滴水和刻度以指示时辰。此处指漏声。

长信怨五首（选二） 其三 王昌龄

奉帚①平明②金殿开，暂将团扇③共徘徊。
玉颜不及寒鸦色，犹带昭阳④日影来。

【注释】
① 奉帚：持帚洒扫。
② 平明：指天亮。
③ 团扇：班婕妤曾有《怨歌行》咏团扇，见本书第7页。
④ 昭阳：汉宫殿名，赵飞燕姊妹与汉成帝所居。

《红叶题诗仕女图》（局部）

采莲曲二首 其一 王昌龄

吴姬①越艳楚王妃,争弄莲舟水湿衣。
来时浦口②花迎入,采罢江头月送归。

【注释】
① "吴姬"句:古时吴、越、楚三国(今长江中下游及浙江北部)均有采莲之俗。此处泛指该地域的美女。
② 浦口:江湖会合处。

采莲曲二首 其二　王昌龄

荷叶罗裙一色裁①，芙蓉向脸两边开。
乱入池中看不见，闻歌始②觉有人来。

【注释】
① 一色裁：像是用同一颜色的衣料剪裁成的。
② 始：才。

《垂虹别意图》（局部）

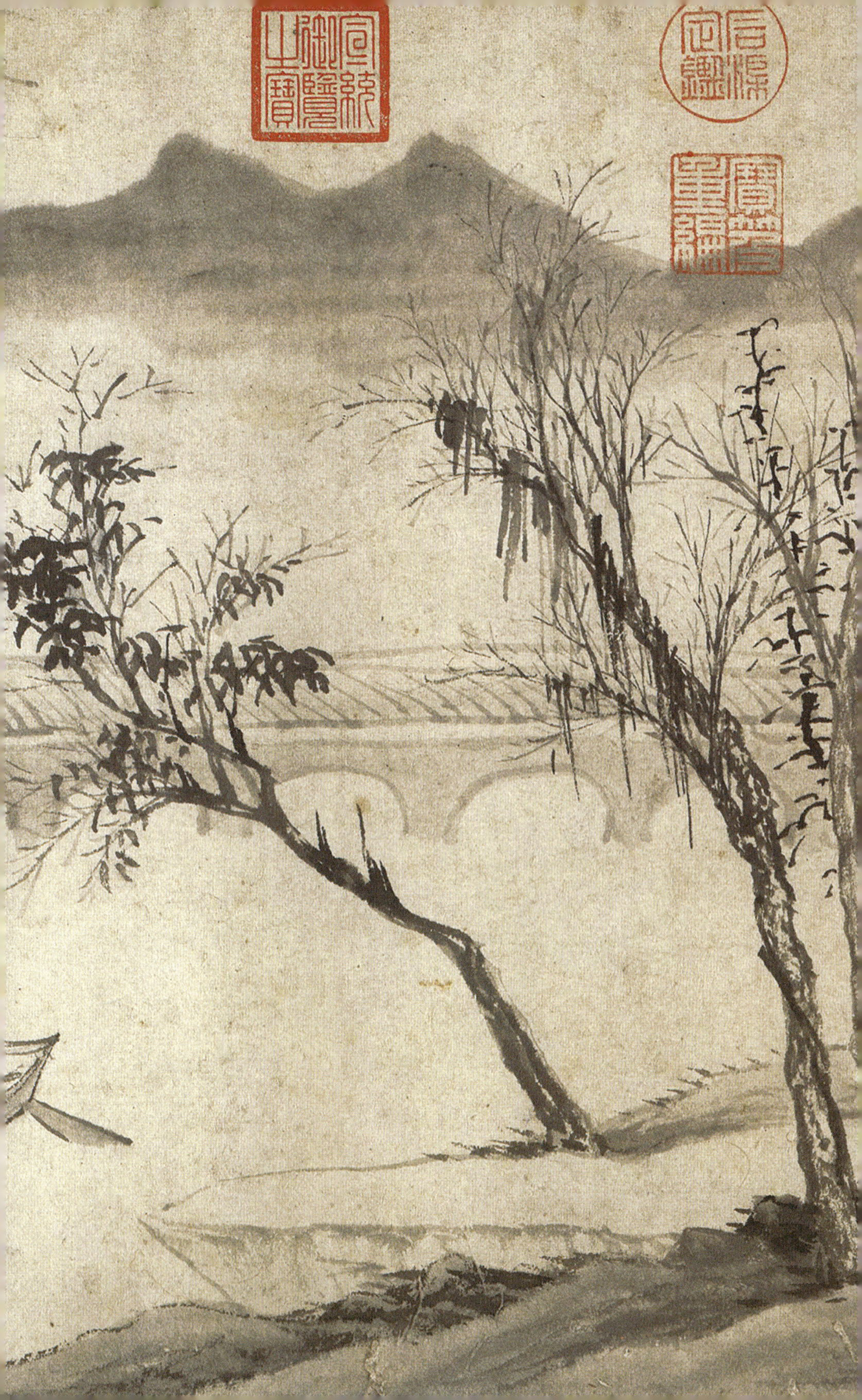
宣統御覽之寶
石渠定鑑
寶笈重編

《碧山诗意图》（局部）

少年行四首（选二）其一　王维

新丰①美酒斗十千，咸阳②游侠多少年。
相逢意气为君饮，系马高楼垂柳边。

【注释】
①新丰:古县名,汉高祖七年(前200)置。古代新丰产名酒，谓之新丰酒。
②咸阳：秦代都城，此处借指唐都长安。

《春泉听风图》（局部）

少年行四首（选二）其四 王维

一身能擘①两雕弧②，虏骑千重只似无。
偏坐金鞍调白羽③，纷纷射杀五单于。

【注释】
① 擘（bāi）：用手张弓。
② 雕弧：有雕饰彩画的弓。
③ 白羽：指箭。调白羽，放箭。

渭城曲

王维

渭城[1]朝雨浥轻尘,客舍青青柳色新。劝君更尽一杯酒,西出阳关[2]无故人。

【注释】

[1] 渭城:地名。在今陕西咸阳市东北。
[2] 阳关:古关名,西汉置,故址在今甘肃敦煌市西南古董滩附近,因位于玉门关以南,故称。和玉门关同为汉时对西域交通的门户。入曲后此诗每句三叠,故又名《阳关三叠》。

秋夜曲

王维

桂魄^①初生秋露微,轻罗已薄未更衣。
银筝夜久殷勤弄,心怯空房不忍归。

【注释】
①桂魄:即月亮。

《金昌送别图》（局部）

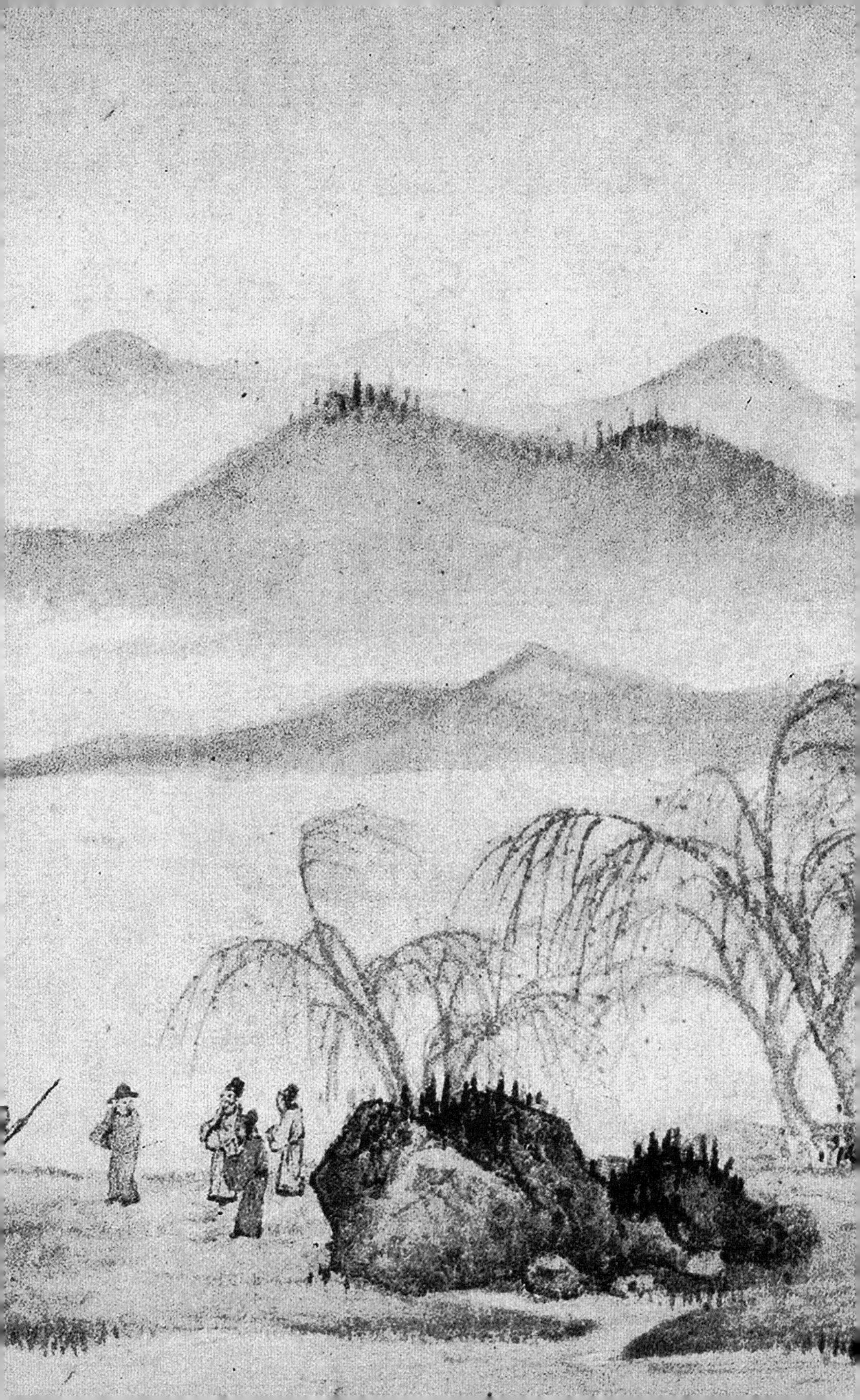

《设色山水图》(局部)

关山月 李白

明月出天山[1]，苍茫云海间。
长风几万里，吹度玉门关。
汉下白登[2]道，胡窥青海湾。
由来征战地，不见有人还。
戍客[3]望边邑，思归多苦颜。
高楼[4]当此夜，叹息未应闲。

【注释】

[1] 天山：指祁连山。
[2] 白登：白登山，在今大同西北。匈奴曾困汉高祖刘邦于此。《汉书·匈奴传》："冒顿纵精兵三十余万骑围高帝于白登，七日，汉兵中外不得相救饷。"
[3] 戍客：戍边的士兵。
[4] 高楼：古诗中多以高楼指闺阁，这里指戍边士兵的妻子。

《溪山渔隐图》(局部)

估客乐

李白

海客乘天风,将船^①远行役。

譬如云中鸟,一去无踪迹。

【注释】

① 将船:驾船。

《山水人物册之四》（局部）

子夜四时歌·秋歌

李白

长安一片月，万户捣衣①声。
秋风吹不尽，总是玉关②情。
何日平胡虏？良人③罢远征。

【注释】

① 捣衣：在砧石上捶捣衣料，是唐时制衣的程序。古时衣服常由纨素一类织物制作，质地较为硬挺，须经过捣衣，使之柔软。

② 玉关：指玉门关。

③ 良人：古代妇女对丈夫的称呼。

《设色山水图》（局部）

长干行　李白

妾发初覆额①，折花门前剧②。
郎骑竹马来，绕床③弄青梅。
同居长干里，两小无嫌猜。
十四为君妇，羞颜未尝开。
低头向暗壁，千唤不一回。
十五始展眉，愿同尘与灰。
常存抱柱信④，岂上望夫台。
十六君远行，瞿塘⑤滟滪堆⑥。
五月不可触，猿声天上哀。
门前迟行迹，一一生绿苔。
苔深不能扫，落叶秋风早。
八月蝴蝶来，双飞西园草。
感此伤妾心，坐⑦愁红颜老。
早晚下三巴⑧，预将书报家。
相迎不道远，直至长风沙⑨。

【注释】

① 覆额：盖着前额。
② 剧：游戏。
③ 床：胡床，坐具。即今之"马扎"。
④ 抱柱信：用尾生抱柱典。《庄子·杂篇·盗跖》："尾生与女子期于梁下，女子不来，水至不去，抱梁柱而死。"后以"抱柱"为坚守信约的典故。
⑤ 瞿塘：瞿塘峡，长江三峡之一。为自巴蜀顺江而下经过的第一峡。
⑥ 滟滪（yànyù）堆：瞿塘峡峡口的一块大礁石，船只极易触礁翻沉。
⑦ 坐：因为。
⑧ 三巴：地名。即巴郡、巴东、巴西的合称，相当于今四川东部至重庆市的部分地区。
⑨ 长风沙：地名，在今安徽怀宁东长江边。

长相思三首（选一）其三　李白

长相思，在长安。
络纬秋啼金井阑，微霜凄凄簟①色寒。
孤灯不明思欲绝，卷帷②望月空长叹。
美人如花隔云端。
上有青冥之高天，下有渌水③之波澜。
天长路远魂飞苦，梦魂不到关山难。
长相思，摧心肝。

【注释】
① 簟（diàn）：竹席。
② 帷：窗帘，门帘。
③ 渌水：清澈的水。

《草屋蒲团图》(局部)

《溪山渔隐图》（局部）

少年行三首（选一）其三 杜甫

马上谁家白面郎，临阶下马坐人床。
不通姓字粗豪甚，指点银瓶①索酒尝。

【注释】
①银瓶：盛酒的器皿。

《渡头帘影图》（局部）

后出塞五首（选一）其二　杜甫

朝进东门营①，暮上河阳桥②。
落日照大旗，马鸣风萧萧。
平沙列万幕③，部伍各见招④。
中天悬明月，令⑤严夜寂寥。
悲笳数声动，壮士惨不骄。
借问大将谁，恐是霍嫖姚⑥。

【注释】
① 东门营：设在洛阳东门附近的军营。
② 河阳桥：黄河上的一座浮桥，在今河南孟津县，是从洛阳通往河北的要津。
③ 幕：帐幕。
④ 招：招集，集合。
⑤ 令：军令。
⑥ 霍嫖姚：指霍去病。"嫖姚"同"剽姚"，霍去病曾任剽姚校尉。

《震泽烟树图》（局部）

悲陈陶

杜甫

孟冬①十郡②良家子，血作陈陶③泽中水。

野旷天清无战声，四万义军同日死。

群胡归来血洗箭，仍唱胡歌饮都市。

都人回面向北啼，日夜更望官军至。

【注释】

① 孟冬：冬季第一个月，即阴历十月。
② 十郡："十"为泛指，言士兵占籍之广。
③ 陈陶：陈陶斜，又名陈陶泽、陈涛斜，在今陕西咸阳市东。至德元年（756）十月，宰相房琯率军与安史叛军战于此地，大败，死伤四万余人。《旧唐书·房琯传》："辛丑，二军先遇贼于咸阳县之陈涛斜，接战，官军败绩。时琯用春秋车战之法，以车二千乘，马步夹之。既战，贼顺风扬尘鼓噪，牛皆震骇，因缚刍纵火焚之，人畜挠败，为所伤杀者四万余人，存者数千而已。"

《事茗图》（局部）

有所思 韦应物

借问堤上柳，青青为谁春。
空游昨日地，不见昨日人。
缭绕万家井①，往来车马尘。
莫道无相识，要②非心所亲。

【注释】
① 万家井：犹千万村落。相传古制以八家为一井，引申指乡里、人口聚居地。
② 要：总，都。

调笑令二首（选一）

其一　韦应物

胡马，胡马，远放燕支山①下。
跑②沙跑雪独嘶，东望西望路迷。
迷路，迷路，边草无穷日暮。

【注释】

① 燕支山：亦作胭脂山、焉支山，在今甘肃永昌县西、山丹县东南。
② 跑：同"刨"，以足刨地。

调笑令

戴叔伦

边草，边草，边草尽来兵老。
山南山北雪晴，千里万里月明。
明月，明月，胡笳一声愁绝。

《浔阳八景图之八》（局部）

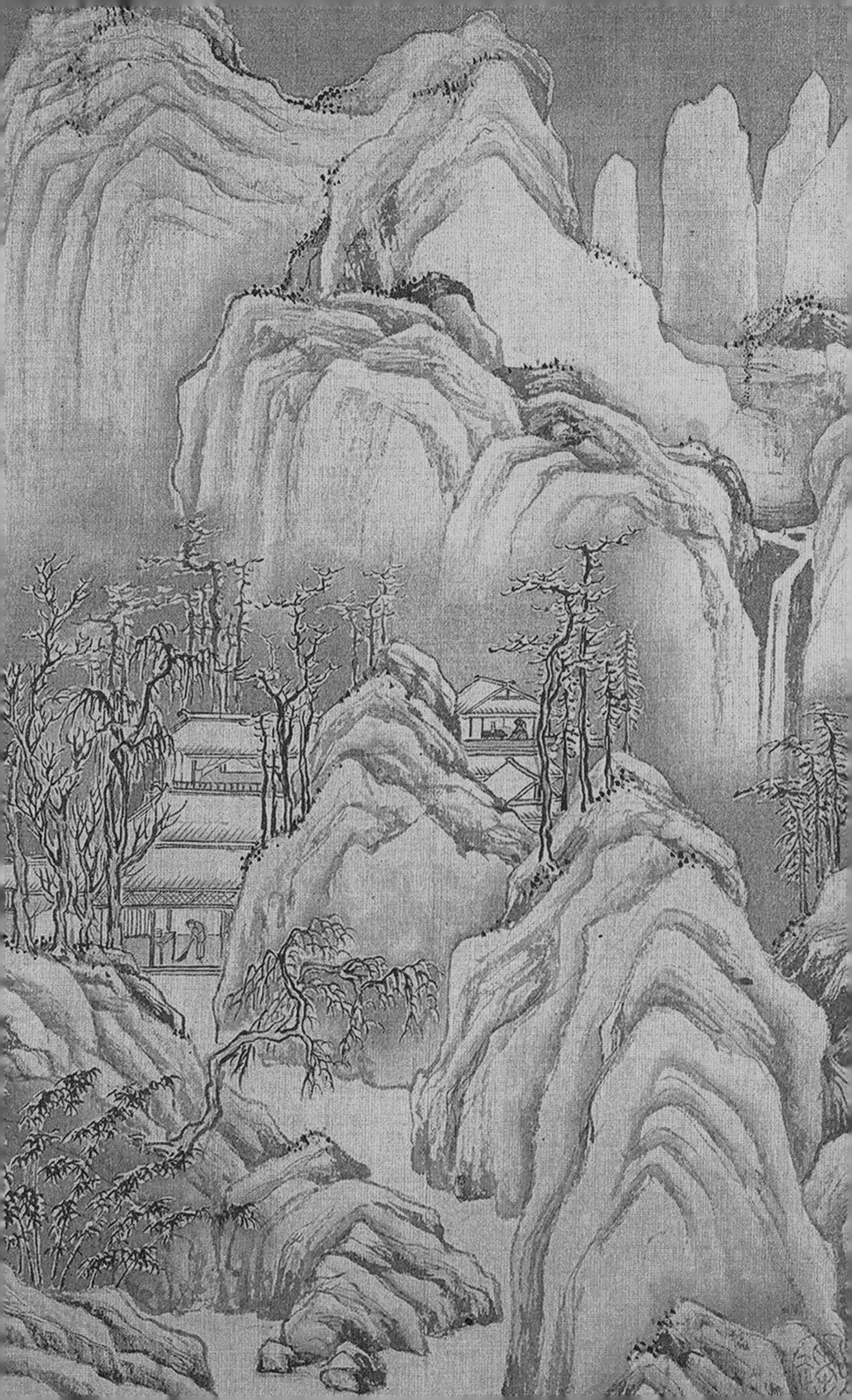

堤上行三首(选二) 其一 刘禹锡

酒旗相望大堤头,堤下连樯①堤上楼。
日暮行人争渡急,桨声幽轧②满中流。

【注释】
① 樯(qiáng):帆船上挂风帆的桅杆,引申为帆船或帆。
② 幽轧(yà):划桨声。

堤上行三首（选二） 其二　刘禹锡

江南江北望烟波，入夜行人相应歌。
桃叶①传情竹枝②怨，水流无限月明多。

【注释】

① 桃叶：乐府歌曲名。《乐府诗集·清商曲辞二·桃叶歌》解题："《古今乐录》曰：桃叶歌者，晋王子敬所作也。桃叶，子敬妾名，缘于笃爱，所以歌之。《隋书·五行志》曰：陈时江南盛歌王献之《桃叶》诗，云：'桃叶复桃叶，渡江不用楫。但渡无所苦，我自迎接汝。'"

② 竹枝：即竹枝词，古代流行于巴蜀一带的民歌。桃叶歌、竹枝词，皆多写男女爱恋之情。

《溪山渔隐图》（局部）

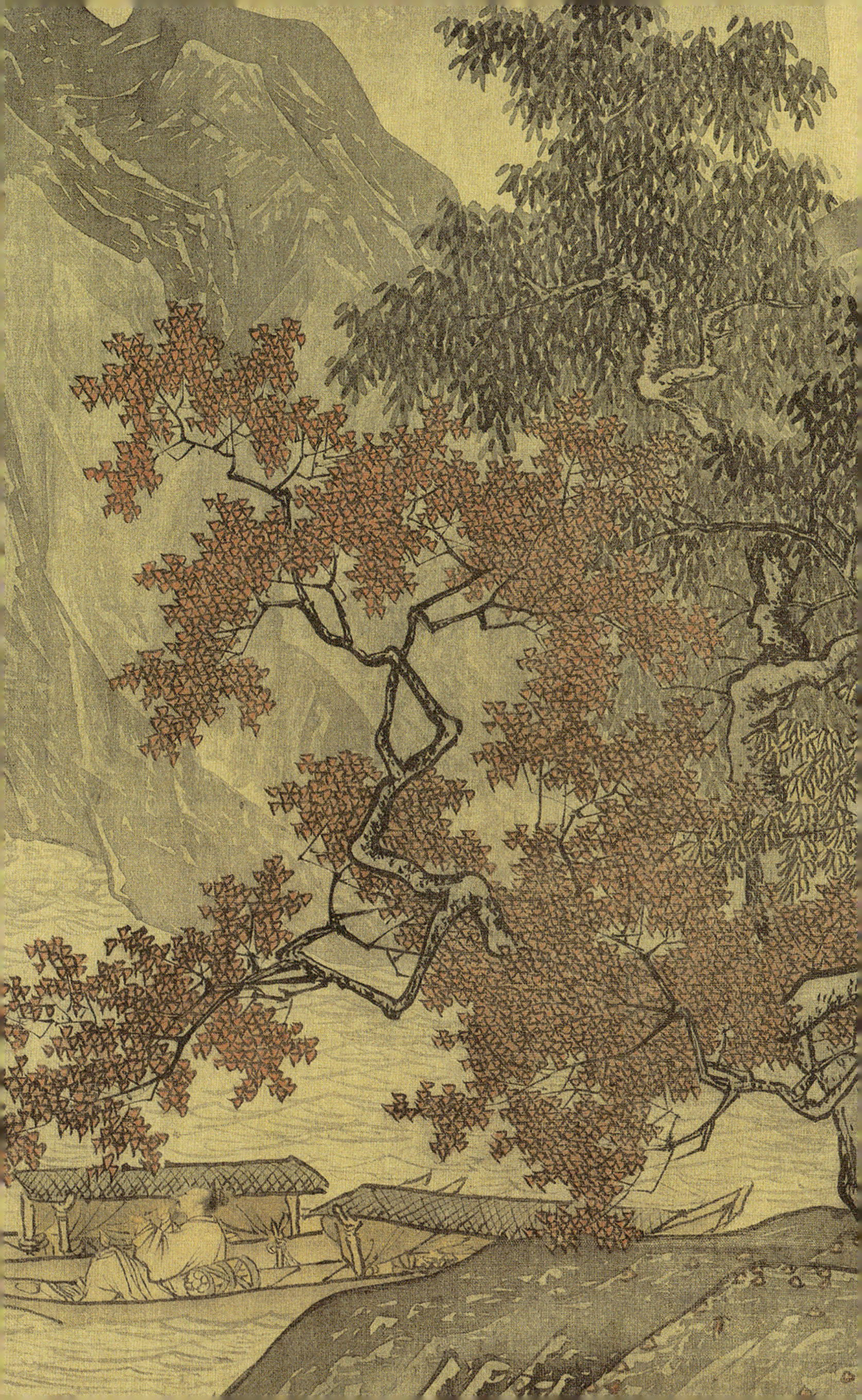

竹枝词九首（选二）

其一

刘禹锡

白帝城①头春草生，白盐山下蜀江清。
南人上来歌一曲，北人莫上动乡情。

【注释】

① 白帝城：在瞿塘峡口长江北岸的白帝山上。

竹枝词九首（选二）其二 刘禹锡

山桃红花满上头，蜀江春水拍山流。
花红易衰似郎意，水流无限似侬①愁。

【注释】
①侬：我。

《墨竹图》(局部)

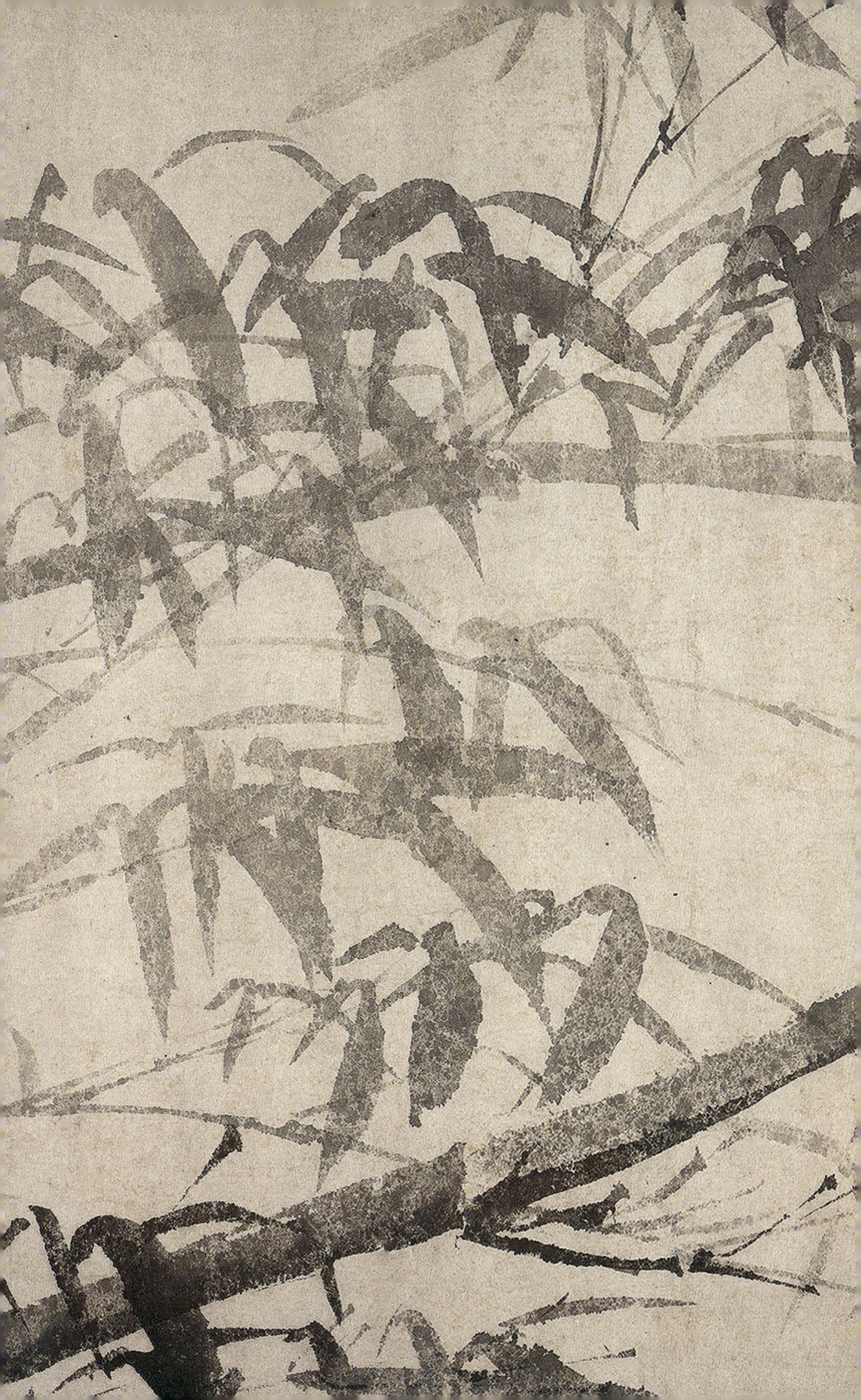

《枯槎鸲鹆图》（局部）

踏歌词四首（选一）其一 刘禹锡

春江月出大堤平，堤上女郎连袂①行。
唱尽新词欢不见，红霞映树鹧鸪鸣。

【注释】
① 连袂：携手并肩，衣袖相连。袂：衣袖。

视刀环歌[①]

刘禹锡

常恨言语浅，不如人意深。
今朝两相视，脉脉万重心。

【注释】

① 视刀环：《视刀环歌》是刘禹锡创作的一首"新乐府"诗歌。这首新乐府的题目是用典。《汉书·李陵传》："立政等见陵，未得私语，即目视陵，而数数自循其刀环，握其足，阴谕之，言可归还也。""环"谐音"还"，握脚表示走路离开，是暗示李陵可以归还汉朝了。后因以"刀环"为"还归"的隐语。

《吹箫仕女图》(局部)

《陶谷赠词图》（局部）

长安道　白居易

花枝缺处青楼开，艳歌一曲酒一杯。

美人劝我急行乐，自古朱颜不再来。

君不见外州^①客，长安道，一回来，一回老。

【注释】
① 外州：外地。

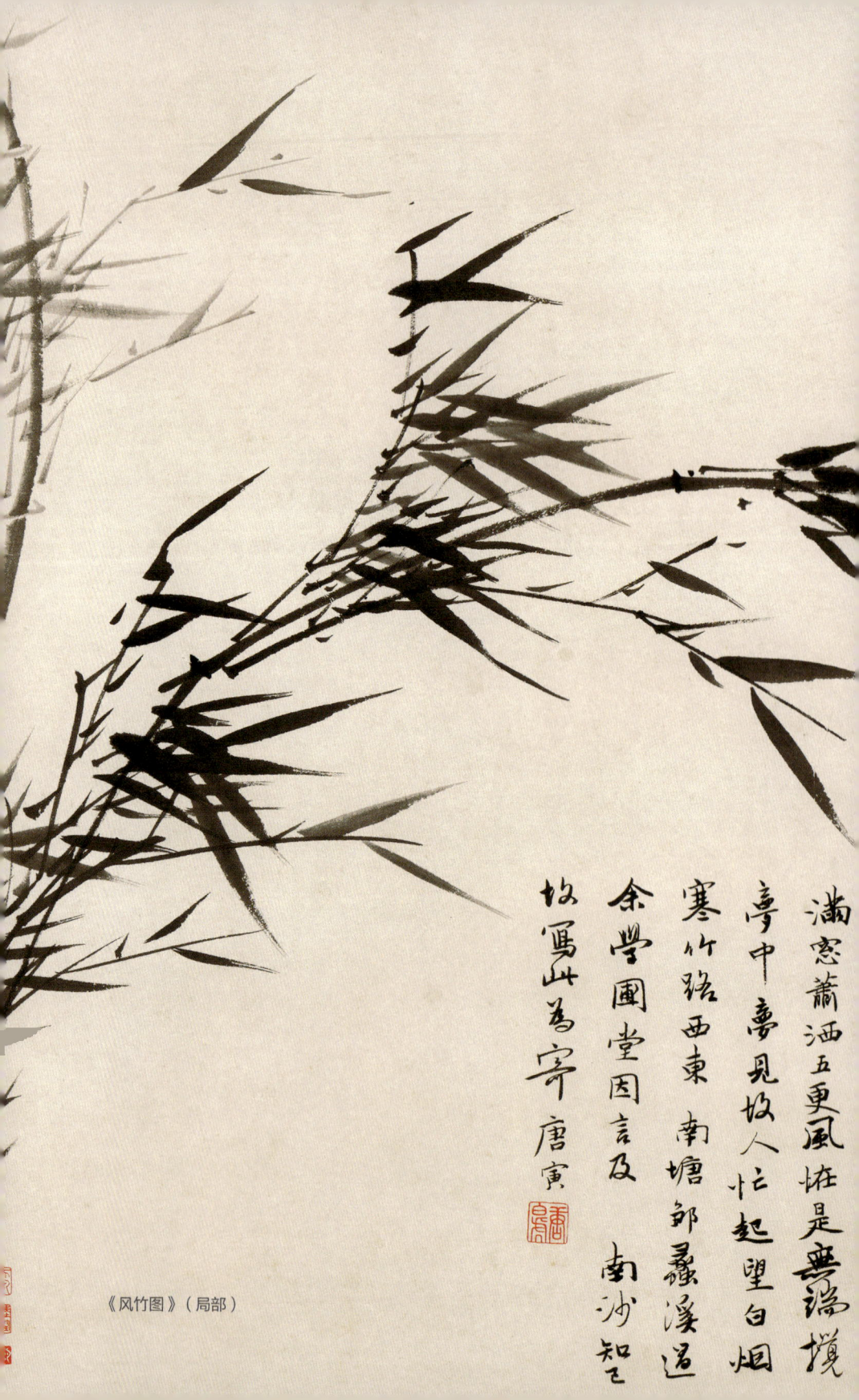

满窗萧洒五更风,枕是无漪榻。亭中梦见故人忙,起望白烟寒竹路。西东南塘郊叠溪边,余学团堂因言及南沙,知故写此为宁。 唐寅

《风竹图》(局部)

竹枝词四首（选一） 其一 白居易

瞿塘峡口冷烟低，白帝城头月向西。
唱到竹枝声咽处，寒猿晴鸟一时啼。

《设色山水图》（局部）

忆江南三首（选二） 其一 白居易

江南好，风景旧曾谙[1]。

日出江花红胜火，春来江水绿如蓝[2]，

能不忆江南。

【注释】
[1] 谙：熟悉。
[2] 蓝：蓝草，其叶可制青绿染料。

《钱塘景物图》(局部)

忆江南三首（选二） 其二 白居易

江南忆，最忆是杭州。
山寺①月中寻桂子，郡亭枕上看潮头②，
何日更重游。

【注释】
①"山寺"句：作者《东城桂》诗自注，"旧说杭州天竺寺每岁中秋有月桂子堕。"
②潮头：指钱塘潮。

《秋山高士图》(局部)